芭蕉俳文

松尾芭蕉／著
鄭清茂／譯注
莊　因／繪圖

敘言

鄭清茂

在日本文學史上，傳統的重要文類，大略言之，有：和歌、物語、連歌、能樂、淨琉璃、俳諧、歌舞伎、戲作小說等，都是頗具特色的文藝形式。所謂俳諧又可分為連句、發句、俳文。其中的連句，在體式上與和歌連歌並無不同：發句均由日文五．七．五（三行）十七音節構成，稱長句；附之以七．七（兩行）十四音節脇句，稱短句，就等於一首和歌（短歌）三十一音節的體式。長句與短句由兩人或以上輪番重複附以長句與短句，就是連歌或連句。

俳諧一詞源出古典漢詞。俳諧者，滑稽詼諧之謂也。其實，中國本土自古即有所謂俳諧體詩文。日本大致沿用其義，但早期通常寫作「誹諧」。自平安前期《古今和歌集》（九〇五）設有〈誹諧歌〉類之後，泛指以俳諧趣味為主的和歌與連歌。室町末期「俳諧連歌」代之而起，原為連歌師的荒木田守武（一四七三—一五四九）與山崎宗鑑（？—一五五三），並稱俳諧之祖，開始積極容納傳統和歌所不詠的題材與表現，例如俗語俗習俗藝與漢詞漢音漢典之類；其後，由江戶初期俳人松永貞德（一五七一—一六五三）的貞門派，以及西山宗因（一六〇五—一六五三）的談林派，相繼倡導，蔚為風氣，盛極一時。俳諧連歌也漸漸改稱連句。然而，或傾向依傍古典的文字遊戲，或追求清新滑稽的表現技巧；而且總以為俳諧只是進入和歌或連歌的初階，本質上缺乏開創新文類的覺悟或視野，而下意識地自甘停留在被認為第二藝術的境地。這種心態到了松尾芭蕉才起了根本的轉變。

松尾芭蕉（一六四四—一六九四），本名宗房，幼名金作。從小酷愛俳諧。二十九歲時，立志以俳諧為業，乃獨自離開故鄉伊賀國上野，前往東都江戶尋討出路。當時的日本俳壇，貞門派逐漸告退而談林派代之而起，芭蕉躬逢其盛；兩三年後，便取得了「宗匠」的頭銜，俳號桃青，變成了專業的俳諧師；並且開始自立門戶，接納弟子，奠定了後來所謂「蕉門」的基礎。

然而，芭蕉並不以自己目前的成就為已足；而且，總覺得與當時俳壇的風氣格格不入。因此有意另闢新徑，藉以提升俳諧的藝術高度。於是在三十七歲那一年，毅然放棄俳諧宗匠的生活方式，離開了江戶喧囂的市廛，退隱郊外深川區隅田川畔的一間草屋；先為取名泊船堂，不久改稱芭蕉庵；而他的俳號也自然而然從桃青變成芭蕉了。雖然說是退隱，其實是退而不隱。仍然應邀參加志同道合的句會；還要接待俳友、指導門生、協編句集，忙得不亦樂乎。作品越來越多。同時也更注重修心養性的功夫：涵咀莊子、窺探禪門；優游於中國陶潛、杜甫、白居易、日本歌人西行、連歌師宗祇、畫僧雪舟、茶人千利休等古人的世界。生活雖然清苦，但為了貫徹俳諧之道，卻甘之如飴，顯有中華文人窮而後工、憂道不憂貧的孤傲之氣。

移居深川之後，芭蕉終於完全擺脫了宗匠的拘束，開始翱翔於自由自在的自我天空。他仍然繼承了俳諧雅俗共存的原始精神，但以藝術家自許的芭蕉，卻更熱中於提升俳諧的藝術價值及其文學地位。他的基本態度是：在尊重傳統貴族氣的「雅」趣之上，積極吸收庶民性的「俗」味；旨在融合雅俗而超越或甚至消除雅俗之際。因而不分世俗或懷古的題材，恆以俳諧之心、俳諧之筆詠之；求其在俗而不墮於卑，在雅而不過於高。芭蕉稱之為「風雅」之體，而蕉門也隨之以風雅為俳諧的代詞了。

然而芭蕉的所謂風雅並非一成不變。若套用他自己的「不易流行」之說，或許可以這樣解釋：「雅」指俳諧感動人心的本質，在於永恆不變的「誠」，為任何藝術千古「不易」之基；「風」指俳諧表現技巧的韻致形式，隨時隨地隨人而不同，乃「流行」不居之姿。這就是芭蕉終其一生、追求不捨的俳諧風雅。於是乎帶領著一群志同道合的弟子，苦思冥想，探索所謂風雅之道。直到五十一歲逝世的約十四年間，果不其然，芭蕉展示了驚人的俳風變化：從「佗（冷澀）」，經過「濕（浸潤）」、「寂（枯寂）」、「細（細緻）」、「輕（輕閑）」等審美理念，終於把俳諧推上了最高境界，成為可與和歌等傳統文類平起平坐的第一藝術；而芭蕉自己則在日本文學史上贏得了「俳聖」之譽。

說到芭蕉的俳諧，一般人聯想到的主要是他的發句，也就是明治時代以後獨成文類的俳句。其實，除了俳句之外，芭蕉的作品還有俳文一類。如果忽略了俳文，芭蕉文學不僅將有遺珠之憾，甚至會變得殘缺不全。俳文又稱俳諧文，指具有俳味諧趣的文章。芭蕉之前，貞門與談林派俳人已有類似之作，但尚無俳文之稱，亦乏風雅的俳文之趣。真正名副其實而具備藝術高度的俳文，必須等到芭蕉的出現，才正式有了「俳文」的名稱，而開始與發句、連句並駕齊驅，共同構成了俳諧風雅的完整世界。蕉門俳友與弟子，如素堂、許六、支考等多人，緊追其後，顯得盛行一時；後世俳人如蕪村、也有、一茶等名家也都有俳文作品。

關於何謂俳文或其特質，芭蕉諸弟子間頗有轉述其師之說者。許六云：「吾朝往昔，……無俳諧文章格式。先師芭蕉翁始立一格，以示氣韻生動之致。」（《本朝文選・序》）支考云：「今者俳諧文之法，始出於芭蕉之筆，有別於詩歌連俳之姿，卻備風賦雅頌之體。」（《本朝文鑑・序》）去來引先師曰：「吾輩文章須確立旨意，文字雖用漢字，宜求其流暢；物事雖涉鄙俗，宜言其可懷。」（《去來抄・故實篇》）而北枝亦引師說云：「在句文中，不可忘其風雅。風雅者何，枯寂、浸潤、細緻、幽雅之謂也。」（《山中問答》）可見芭蕉在俳文中所欲追求的藝術境界或美學價值，與俳句並無二致。俳文終於也變成了蕉風俳諧文學中不可分隔的部分。

俳文之體，多式多樣。廣義言之，含有發句的詞書（題詞或小序）、俳書的序跋、贊、記、頌、賦、傳、辭、說之類的短篇小品，以及紀行、日記等較長的文章。每篇無論長短，除了少數例外，都在文末或文中置入或多或少的俳句（偶有連句）。體式繁多，而始終一以貫之者，就是所謂俳諧風雅之趣。

其中，《奥之細道》是芭蕉俳文中唯一單行的長篇，或另稱之為「俳諧紀行文」，為世界公認的文學經典之一，已一再被譯成多種語言。漢語譯本問世者亦有數種，所以在華人世界應該不會太陌生。至於其他的短篇俳文，雖然也有零星的翻譯或介紹，卻還不到廣為人知的地步。為了彌補這個缺憾，筆者試從芭蕉的約一百篇短文中，選出三十六篇，加上《奥之細道》之外的中短篇紀行文〈野曝紀行〉、〈鹿島紀行〉、〈笈之小文〉、〈更科紀行〉四篇，以及日記〈嵯峨日記〉一種，編成這本小書。這幾年來，筆者譯注了全本《奥之細道》，也編譯了《芭蕉百句》一冊，現在又不揣冒昧，選譯了這本《芭蕉俳文》。若是把這三本放在一起，大體上就可以窺見芭蕉文學的全貌了。不過，芭蕉還留下了二百三十多封書簡，可惜在此無法加以譯介，不能不說是一件憾事。

根據有些學者的看法，狹義的俳文應該不包括題詞或序跋之類，專指設有主題的短篇散文，如芭蕉晚年的〈紙衾記〉、〈烏賦〉、〈移芭蕉辭〉、〈既望賦〉、〈閉關說〉等，都是篇幅不滿一頁的短文。只有〈幻住庵記〉最長，原文也不過一千四百多字（含漢字），譯成漢語一千兩百言左右，卻被推為所有俳文中最典型的最高傑作，古今無有能出其右者。

然而這些俳文經過筆者的迻譯，還能保留多少原文的俳味諧趣，捫心自問，實在不敢說有十分的把握；盡心盡力，勉為其難而已。但願有緣讀者，匡我不逮，不勝感激之至。

本書的漢譯體式，照例沿襲了筆者在《奧之細道》與《芭蕉百句》嘗試過的方法，要之：文本與注釋用淺易的文言文，和歌用二十言絕句體，俳句則用四・六・四共十四個漢字、分三行、不押韻（依原文慣例）、文白不拘。文本中出現或注釋所引和歌與俳句，均在注釋中附有原文，以供讀者對照參考之用。至於俳聖芭蕉的俳諧人生，或有關俳諧漢譯體式的問題，在拙譯本《奧之細道》的〈例言〉與《芭蕉百句》的〈導言〉裡，已有比較具體的說明，請參考，在此就不必一一贅述了。

繼《奧之細道》與《芭蕉百句》之後，加上這本《芭蕉俳文》，先後三種芭蕉俳諧集子，皆承老友酒蟹居莊因教授繪製插圖；均由聯經出版公司擔負出版發行之勞。忝為三書的譯注作者，我要在此向隱居加州山景城的酒蟹居主人，致以最高的敬禮與祝福；並對聯經創辦元老劉國瑞先生、發行人林載爵先生的鼓勵與關懷，以及編輯部諸位朋友的辛勞，表示誠摯的謝忱。

二〇一六年冬至於台灣桃園

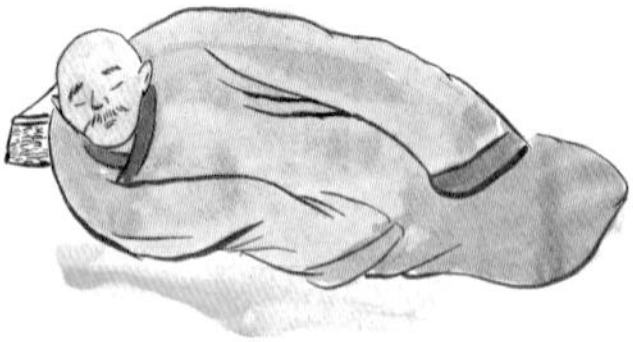

目次

芭蕉俳文

常磐屋句合跋[1]

詩者自漢至魏，蓋四百餘年，詩人才子輩出，詩體三變[2]。倭歌風流，代代換其姿[3]；俳諧年年改而日日新也。

今有收集以蔬菜為題之句種種，編為二十五番句合[4]，而求予為之評比勝負者。誠可謂句句優美，趣味新穎。見其姿，幽也；思其心，玄也[5]。此非當今之風體乎？而以常磐屋[6]名之者，蓋以祝其時、賀其世也。

審視夫神田須田町市場[7]，有

1 延寶八年（一六八〇）九月作。芭蕉三十七歲。同年冬，退出俳諧宗匠生活，自江戶市區移居深川區一草庵，取名泊船堂。文末所署「華桃園」為芭蕉所用外號之一。

2 《宋書・謝靈運傳》：「史臣曰：『自漢至魏，四百餘年，辭人才子，文體三變。』」按：在日本近代以前，詩專指漢詩，歌專指和歌，兩種文類，界線分明，幾無詩歌混同之例。降至明治時代，《新體詩抄》（一八八二）出現之後，始稱以日文所寫新式之歌體為詩，以後詩歌二字即有混用現象。

3 倭歌：同和歌。歌風因時而變之說，頗有論述之者。如藤原俊成《古來風體抄》（一二〇一）云：「歌之風姿與用詞，隨時而變者也。」

4 句合：俳句賽會。俳人分左右兩方，各詠同題一句，並排比對，由判者（評定人）評其優劣而定其勝負，並附判詞（評語）者，即為一番。二十五番：共五十句。

千里外之青菜，麒麟馱運而來[8]，鳳卵埋糠中[9]；有雪中蘘荷[10]、二月西瓜[11]。朝鮮參葉之深綠、中華辣椒之鮮紅，如今莫不集於江戶。風不鳴玉蜀黍之枝，雨不動土中之生薑[12]。蔬菜俳諧之作，意趣得時。以萌芽之雙葉[13]，祈菌松[14]之千歲；如芋葉露水之不散，豇豆藤蔓之長遠，則可仰天觀其豆，後人豈能不羨當今之世哉？喏，冬瓜。

延寶八年庚申穐日　華桃園

---

5 幽、玄：通常複合二字為一美學概念詞。因個人、時代或文類（如和歌、連歌、能樂等）而含意或指涉略有不同。就歌學而言，所謂幽玄體便有深奧、幽遠、靜寂、典雅、優美、妖豔等多義性傾向。在此芭蕉即以幽玄二字形容俳諧風體。

6 常磐：安如磐石，永遠不變。亦以指長青樹，如松柏之凌霜雪而彌勁，藉以慶祝當前吉時盛世之永永無窮也。

7 江戶最大之青果蔬菜市場，在今東京神田區。

8 麒麟：古代傳說中之仁獸：牛尾、馬蹄、獨角，為吉祥之象徵。麒麟馱蔬菜，喻太平盛世。聖人出王道行則現。《管子・封禪》：「今鳳凰麒麟不來，嘉穀不生，而蓬蒿藜莠茂，鴟梟數至。」

9 鳳卵：又作鳳丸或鳳圓，即鳳凰之卵。鳳凰，傳說中之神鳥，眾鳥之王：雞喙、蛇頸、燕頷、龜背、魚尾，色五彩。聖人出則鳳凰現，現則天下安寧。《孟子・公孫丑》：「麒麟之於走獸，鳳凰之於飛鳥。」均安寧祥瑞之象徵。

10 蘘荷：原文茗荷。又有漢名陽藿、覆苴、猼荷等。多年生草本。《和漢三才圖會・濕草類・蘘荷》：「作茗荷，非也。茗乃茶名。按蘘荷似薑之莖葉及竹葉，嫩時莖亦可噉。〔日〕俗稱荷竹，其子略似竹筍而二寸許，淺紫色，俗曰茗荷筍。」雪中蘘荷蓋轉用「二十四孝」中，孟宗雪中抱竹而得筍之孝行故事。

11 二月西瓜：唐王建〈宮前早春〉：「內園分得溫湯水，二月中旬已進瓜。」按：詩中之瓜是何種瓜，向無定說，而芭蕉逕以此瓜為西瓜，蓋西瓜於十七世紀中葉始來自大陸，成為新貴果種而大受歡迎也。

12 二句喻太平盛世。轉用漢人故事：桓寬《鹽鐵論・水旱》：「周公載紀而天下太平，國無夭傷，歲無荒年。當此之時，雨不破塊，風不鳴條。」又王充《論衡・適應》：「關梁不閉，道無虜掠。風不破條，雨不破塊。五日一風，十日一雨。」

13 此句至文末，似以蔬菜之名，模擬《古今集・假名序》末段而成：「青柳之絲不絕，松葉不散失，葛蔓長延，鳥跡久駐，則知和歌之樣；解其情趣者，如仰太空之月，豈不慕古戀今哉？」

14 菌松：枝幹上長滿松菌之老松，喻長壽千秋萬歲也。

乞食翁[1]

窗含西嶺千秋雪
門泊東海萬里船[2]

我識其句，不見其心。推想其寂，不知其樂。唯勝於老杜者，獨多病耳[3]。隱於簡陋茅屋芭蕉葉下，自稱乞食翁[4]。

寒夜櫓聲擊浪
冷透肝腸寸斷
不覺淚下[5]

---

1 天和元年（一六八一）年末作。芭蕉三十八歲。移居深川後第二年。

2 引自杜甫〈絕句四首〉之三。芭蕉引用此聯，蓋以喻：自深川芭蕉庵窗口西望，可見富士山皚皚白雪；而草庵門前則見泊在隅田川上來回萬里之船。芭蕉〈寒夜辭〉：「獨居深川草庵，遠眺士峰雪，近觀萬里船。」按：所引詩中「東海」，杜甫原詩作「東吳」。

3 杜甫〈登高〉：「萬里悲秋常作客，百年多病獨登臺。」又〈江村〉：「多病所須唯藥物，微軀此外更何求？」

4 芭蕉在《奧之細道》〈佛五左衛門〉章中，自謂「形同桑門乞食巡禮之徒」。

5 原文：「櫓聲波を打って はらわた氷る 夜や涙。」此句或題〈深川冬夜有感〉。上五八音節為破調句。

窗含西嶺千秋雪
門泊東海萬里船

貧山之釜
夜裡迎霜則鳴
聲聲心寒[6]

買水[7]

水凝成冰
偃鼠冰塊潤喉
又苦又寒[8]

歲暮

遲遲歲暮
舂年糕回聲裡
寂寂獨眠[9]

---

6 原文：「貧山の釜霜に鳴聲寒し。」迎霜則鳴：典出《山海經》：「豐山有九鐘，知霜鳴。」韓愈〈上賈滑州書〉曾引其事而釋之云：「豐山上有鐘焉，人所不可至。霜既降，則鏗然鳴。蓋氣之感，非自鳴也。」芭蕉以「貧山之釜」對「豐山之鐘」，以喻嚴冬草庵生活之清苦，獨居寂寥之感也。

7 或題〈茅舍買水〉。當時深川區井水水質甚差，故居民飲用水皆購自販水之船。

8 原文：「氷苦く偃鼠が咽をうるほせり。」《莊子・逍遙遊》：「許由曰……『鷦鷯巢於深林，不過一枝；偃鼠飲河，不過滿腹。』」此句亦表現生活之清寒。芭蕉以偃鼠比喻自己，謂處境雖貧苦，但只求滿腹已足，他無所求也。

9 原文：「暮れて餅を木玉の侘寐哉。」寫自己草庵獨居對照俗世熱鬧。當時習慣，搗舂年糕在夜間為之。

虛栗跋[1]

書名《虛栗》[2]，其味有四[3]。

嘗李杜心酒[4]。啜寒山法粥[5]。其句也，見之遙深，聞之悠遠。

其幽寂風雅之趣之異於世者，蓋尋西行之山家[6]，而拾其蟲蛀栗子[7]故也。

善盡戀慕之情。昔西施之長袖遮面[8]，改鑄為黃金小紫[9]。上陽人閨中，衣架生蔦蘿[10]。其下焉者如深居閨女、婆媳喧譁吵嘴之事，莫不詠之於句。甚至寺童、歌舞少男之情事[11]，亦不遺漏。以假名化

---

1 天和三年（一六八三）五月作。芭蕉四十歲。

2 《虛栗》（一六八三）：芭蕉弟子榎本其角編，上下兩冊，按四季編排，上冊為春夏，下冊為秋冬。以蕉門為中心，兼收貞門、談林派之發句、連句，多漢語調、漢詩味。句風新奇晦澀，為蕉風發展之重要里程碑。

3 即下文所提李杜、寒山、西行、白居易之詩味或歌味。

4 喻李白、杜甫之詩心詩味。日本在十七世紀末葉，漢詩調俳諧盛行時，李杜二人頗受歡迎。

5 喻寒山詩之禪趣禪味。

6 西行（一一一八—一一九〇）：平安末期歌僧，俗名佐藤義清。二十五歲辭武士職，出家。行腳四國、東北諸國，詠歎以花月為主之自然美。《新古今和歌集》等集，收其歌共二千九十餘首；另有家集《山家集》等。此句蓋謂追尋西行《山家集》之歌風為俳諧之新模範也。

7 拾取他人所棄蛀蟲之栗，喻古為今用，以創世人所忽略之

白氏之詩[12]，以為初學南針也。

其語也動人心弦：虛而實，實而虛，虛實不分。煉句於寶鼎[13]，冶文字於龍泉[14]。此必非他人之寶，乃汝之寶而待後之盜之者也[15]。

天和三年癸亥仲夏

芭蕉洞桃青鼓舞書[16]

新俳風。《虛栗》其角有句云：「木枯らしよ 世に拾はれぬ 虛栗（在寒風中，世人不屑一顧，蟲蛀栗子）。」芭蕉在此顯然對應其角此句而言。蟲蛀二字或可譯為無用、被人遺棄。

8 長袖遮面：中國傳統詩文中，有東施效顰故事，並無西施以袖遮面之描述，此蓋西施形象之和化或俳諧化也。

9 小紫：當時名聞江戶之遊女。鄭獬有詩云：「若論破吳功第一，黃金只合鑄西施。」（宋陳岩肖《庚溪詩話》卷下引）此處以小紫對西施，以喻小紫之名聲可比西施之黃金價也。

10 上陽人：指失寵之宮女。白居易詩〈上陽白髮人〉序：「天寶五載已後，楊貴妃專寵，後宮人無復進幸矣。六宮有美色者，輒置別所。上陽是其一也，貞元中尚存焉。」衣架生蔦蘿：謂久住冷宮中，年老色衰，怠於裝扮，衣架上服飾無所用之，閒置已久，致生蔦蘿也。其角有附句云：「露は袖衣桁に 蔦のかかる迄（露濕衣架上，處處爬蔦蘿）。」

11 寺童、少男：寺童指寺廟童僕；少男指歌舞伎少年演員。二者常為男色（同性戀）對象。

12 假名：指和文。句謂：鑑賞白居易之詩而以和文表現其旨趣也。

13 寶鼎：古代象徵國家之重器。《史記・封禪書》：「黃帝作寶鼎三，象天地人。」芭蕉在寫「煉句於寶鼎」時，不知聯想到「蓋文章經國之大業，不朽之盛事」（曹丕《典論・論文》）否？

14 以淬礪寶劍比喻推敲文字（俳諧）。龍泉：地名，原名龍淵，唐時避高祖李淵諱，改稱龍泉。亦寶劍名。《後漢書》卷四十五〈韓棱傳〉注：「晉太康紀曰：汝南西平縣有龍泉水，可淬刀劍，特堅利。」

15 謂將為後人所追隨、仿效，甚至剽襲之模範也。

16 芭蕉洞桃青：芭蕉俳號之一。鼓舞書：謂歡欣鼓舞、滿心喜悅而書此跋文也。

士峰贊[1]

崑崙，聞在遠國；蓬萊方丈，神仙之地也[2]。士峰[3]便在眼前，拔大地而撐蒼天，為日月而開雲門[4]。自四面八方望之，光景瞬息千變。詩人妙筆不能盡其美，文人才子為之啞口無言，畫師亦棄筆而逃之矣。若有藐姑射山之神人[5]，或能詠之於詩，繪之於畫也。

雲霧聚散
瞬間變化無常
百景俱足[6]

1 貞享元年（一六八四），芭蕉四十一歲。秋八月開始「野曝紀行」之旅，經過箱根。此句應是當時所作。

2 崑崙：古代傳說中之地名，中國西方之靈山樂土。至其方位，有眾多說法。據《穆天子傳》，周穆王駕八駿，周遊天下時，曾至此地，「觴西王母於瑤池之上。」蓬萊方丈：《史記・封禪書》：「蓬萊、方丈、瀛洲，此三神山者，其傳在勃海中，去人不遠。……蓋嘗有至者，諸仙人及不死之藥在焉。」

3 士峰：富士山之略稱，文人間或稱不二峰、富岳、富岻等名。在古駿河國，跨越今靜岡、山梨兩縣；日本第一高山，日本人仰之為神山或仙山。和歌與漢詩頗有吟詠此山之作，漢詩如石川丈山（一五八三—一六七二）〈富士山〉：「仙客來遊雲外巔，神龍棲老洞中淵。雪如紈素煙如柄，白扇倒懸東海天。」大田南畝（一七四九—一八二三）〈望岳〉：「日出扶桑海氣重，青天白雪秀芙

侖
聞在遠
國蓬萊
方丈
神仙
之地也
富士峰
便在
眼前
拔大地
而撐蒼
天為
日月
而開
雲門

蓉。誰知五岳三山外，別有東方不二峰。」

4 雲門：在此蓋與雲關同義。指雲層堆積，時開時合，偶見日月行過其間。李白〈遊泰山〉：「平明登日關，舉手開雲關，精神四飛揚，如出天地間。」

5《莊子・逍遙遊》：「藐姑射之山，有神人居焉。肌膚若冰雪，淖約若處子。」藐姑射，山名，據說在北海中。

6 原文：「雲霧の 暫時百景を つくしけり。」約在同時，芭蕉另有詠富士山之句：「霧しぐれ 富士をみぬ日ぞ面白き（霧雨濛濛，富士不見之日 趣味盎然）。」

碾米聲[1]

大和國長尾里[2]之地，離京城並不遠，雖為山村，卻不似山村。村中某家主人，有心人也，上有老母，便在主屋邊側築一隱居間。庭前種植草木之珍奇者，置放巨石於其間；親手揉曲其枝，撫摩庭石曰：「但願此山幻成蓬萊仙島，則可採長生不老之藥[3]矣。」其存養純孝之心，竟有至於此者。嘗聞家貧顯孝子[4]；不貧而能盡孝者，則古人亦以為非易易也。

1 貞享元年（一六八四）九月作。原題〈籾する音〉，或題〈與某人文〉。籾：日本國字，當動詞時，意謂去稻殼、碾成米也。

2 大和國：今奈良縣。長尾里：今奈良縣北葛城郡當麻町長尾。

3 蓬萊仙島：《史記・封禪書》：「蓬萊、方丈、瀛洲，此三神山者，其傳在勃海中。蓋嘗有至者，諸仙人及不死藥在焉。」

4 諺云：「家貧顯孝子，世亂識忠臣。」（范立本編《明心寶鑑・省心篇》引，初刊於元末明初。）

不覺冬寒
家中忙著碾米
聲如霰粒[5]

5 原文：「冬（ふゆ）しらぬ 宿（やど）やもみする 音霰（おとあられ）。」可知此家是碾米商，當屬不貧階級。霰：不透明白色冰粒，常在雪前與雨水同下。通稱粒雪、米雪、稷雪，小於雹。

竹林深處[1]

嘗在大和國，名為竹內之處[2]，滯留數日，其村之長朝夕前來問候，慰我羈旅之愁。誠非尋常之人也。心遊高山景行，身交芻蕘雉兔[3]；躬自荷鋤以入淵明之田園[4]，牽牛而伴箕山之隱士[5]。且盡其職而不倦職。性喜清貧，其家看似頗為窮乏。此村長者，非求閑於市中而得閑之人耶？

彈綿花弓
琵琶弦弦相和

1 貞享元年（一六八四）九月，贈竹內村村長油屋喜右衛門之作。

2 今奈良縣北葛城郡當麻町竹內，芭蕉門徒千里之故鄉。時芭蕉在「野曝紀行」路上，經過竹內停留數日。千里為同行弟子。

3 高山景行：喻人格高潔、道行正大。芻蕘雉兔：《孟子・梁惠王下》：「芻蕘者往焉，雉兔者往焉。」芻蕘者謂割草砍柴之人，即樵夫；雉兔者謂射雉捉兔之人，即獵者。二者均庶民。句謂其所交往皆平民百姓也。

4 陶淵明〈歸園田居〉五首之三：「種豆南山下，草盛豆苗稀。晨興理荒廢，戴月荷鋤歸。道狹草木長，夕露沾我衣。衣沾不足惜，但使願無違。」句謂：追慕陶淵明之園田生活，願入其脫俗清閑之境也。

5 箕山隱士：指上古高人隱士許由、巢父，皆隱於箕山之麓。二人故事零星散見於《莊子・逍遙遊》、《淮南子・

竹林深處[6]

蕉散人桃青

說林訓》等諸多古籍。《史記・伯夷列傳》：「堯讓天下於許由，許由不受，恥之，逃隱。……余登箕山，其上蓋有許由冢云。」晉皇甫謐《高士傳》四云：「聘為九州長，由不赴，洗耳於河。巢父見而問其故，乃曰：『吾欲飲牛，污吾牛口。』遂牽牛上流飲之。」句謂：如巢父、許由，不過問政治，以貫徹隱士之節操也。

6 原文：「綿弓（わたゆみ）や 琵琶（びは）に慰（なぐさ）む 竹（たけ）の奥（おく）。」

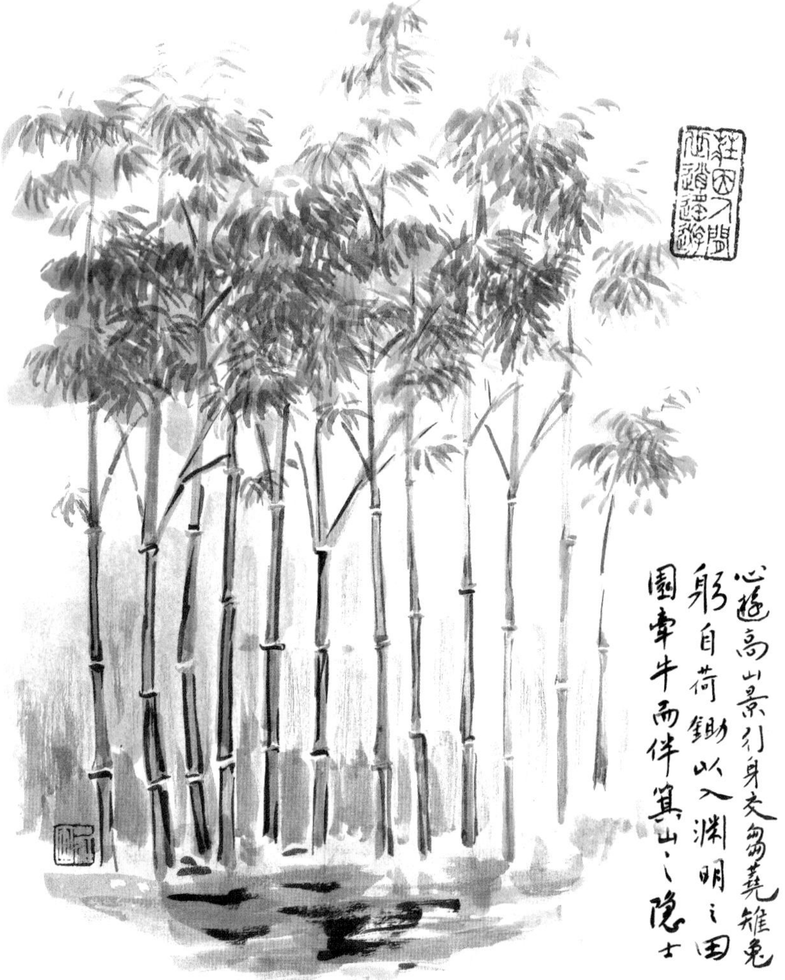
心遊高山景行身交芻蕘雉兔
躬自荷鋤以入淵明之田
園牽牛而伴箕山之隱士

一枝軒[1]

良醫玄隨子，三折肱以治家醫國[2]。名其居曰一枝軒。既非桂林之一枝[3]，亦非拈花微笑[4]之一枝。唯願得南華真人所謂巢一枝之樂，偃鼠扣腹而遊乎無何有之鄉[5]；喚醒愚盲之邪熱，診治僻智陋見之病耳。

世上芬芳
鷦鷯築巢梅樹
只要一枝[6]

1 大概作於貞享二年（一六八五）春。芭蕉四十二歲。

2 折肱：肱即一般所謂胳膊。折肱，累積極端艱苦之經驗也。《左傳》定公十三年：「折肱，知為良醫。」又《國語・晉語八》：「文子曰：『醫及國家乎？』對曰：『上醫醫國，其次疾人。固醫官也。』」按：疾人即病人，《史記・扁鵲倉公傳》：「脈法不可勝驗，診疾人以度異之，乃可別同名。」

3 桂林一枝：桂樹林中之一枝，喻出類拔萃，典出《晉書・郤詵傳》：「累遷雍州刺使。武帝於東堂會送，問詵曰：『卿自以為如何？』詵對曰：『臣舉賢良對策，為天下第一，猶桂林之一枝，昆山之片玉。』」

4 拈花微笑：佛家語，喻禪悟。《五燈會元》：「世尊於靈山會上，拈花示眾。是時眾皆默然，唯迦叶尊者破顏一笑。」其他如《大梵天王問佛決疑經》等，亦載有同一故事。

5 典出《莊子・逍遙遊》：「鷦鷯巢於深林，不過一枝；偃鼠飲河，不過滿腹。」按：鷦鷯，又稱巧婦鳥。偃鼠即鼴鼠，因地而名異，有隱鼠、田鼠、犛鼠、土龍等。無何有之鄉：指無有、無為之虛幻世界，見於《莊子》〈逍遙遊〉、〈應帝王〉、〈列禦寇〉等篇。〈逍遙遊〉：「今子有大樹，患其無用，何不樹之於無何有之鄉，廣莫之野，徬徨乎無為其側，逍遙乎寢臥其下？」莊子所言，蓋以喻所求不多，勉人知足寡欲。

6 原文：「世に匂ひ 梅花一枝の みそさざい。」句意蓋謂玄隨醫道高明，聲譽遠播，但其為人靜心寡欲、清貧自持，知足而常樂。

牆梅[1]

訪某人草庵[2]，恰值主人前往寺院，唯有老僕一人獨自在家。忽見牆上梅花盛開，因道：「是代主人出面迎我也。」卻聞老僕曰：「是乃鄰居牆上之梅也。」

主人不在
卻見梅花盛開
人家牆上[3]

---

1 大概作於貞享三、四年間。今傳芭蕉真跡，有日期作〈貞享丁卯詠草〉。丁卯即貞享四年，芭蕉四十四歲。當年八月，往鹿島賞月。有〈鹿島紀行〉。

2 某人：不知何許人，可能是一隱士。

3 原文：「るすにきて 梅(うめ)さえよその かきほかな」

伊勢紀行跋[1]

〔當今俳諧可比〕浮萍[2]，不開花、不結實。卑下低俗，油腔滑調，唯好戲謔。然而，其角[3]於某年旅居京畿時，居停主人向井氏去來[4]，相見恨晚，待之甚睦[5]。茶餘酒後，其角每常談及俳味之甜、辣、澀、淡，如水之由淺而深，一掬而可知百川之味也[6]。

今年秋，去來攜其妹[7]參拜伊勢神宮。先詠白川之秋風[8]，或折濱荻而眠[9]，敘其旅次情趣之一端，而寄至我草庵几上[10]。一吟而

1 作於貞享三年（一六八六），芭蕉四十三歲。為弟子去來〈伊勢紀行〉所作之跋。

2 浮萍：原文無根草，比喻當世之俳諧。按：芭蕉之表現手法，無論俳文或俳句，常用比喻，但喜隱喻而鮮用明喻，以致偶有難於譯其比喻之處。在此以〔增字〕譯之，以明浮萍與當世俳諧之比喻關係。

3 其角（一六六一—一七〇七）：本名榎本侃憲，後改姓寶井。俳號晉子、螺舍等。江戶人，醫師竹下東順之子（芭蕉有〈東順傳〉一文，敘其生平志趣，見頁一二一）。十四歲即入芭蕉之門，為蕉門十哲之一。編撰《虛栗》（一六八三），芭蕉有〈虛栗跋〉（見頁二五）。芭蕉歿後，撰追善集《枯尾花》。其後逐漸脫離蕉風，追求新奇壯麗，江戶俳壇奉之為灑落風之祖。

4 去來（一六五一—一七〇四）：本名向井兼時，出生於代代儒醫之家。在芭蕉協助下，與凡兆編印《猿蓑》（一六九一），公認為《俳諧七部集》之最。隱居嵯峨別墅落柿舍。另有俳論《旅寢論》、《去來抄》等。

5 去來於此年（一六八四），經其角紹介，進入蕉門。

6 喻僅嘗俳諧之一端而知其風趣之多也。

感動，再誦而忘我。三讀乃覺其無懈可擊。此人也，通達俳諧之道者也。

無論東西
情趣古今一如
秋風颯然[11]

7 去來之妻可南、妹千子皆好俳諧。

8 在〈伊勢紀行〉中，去來有句云：「白川の 屋根に石おく 秋の風（白川人家，屋頂壓著石頭，在秋風裡）。」白川：今京都市左京區北白川，從京都東行必經之地。

9 濱荻：《菟玖波集》：「草名因地而異，難波之蘆，伊勢稱濱荻。」句謂：折濱荻（蘆草）而鋪之以睡其上，喻露宿途次或旅寓他鄉也。

10 指去來所作〈伊勢紀行〉。

11 原文：「東にし あはれさひとつ 秋の風。」直譯：「東西之秋風，情趣無不同。」按：能因（九九八—一〇五〇），平安中期歌僧，有〈詠白川關〉歌：「都をば 霞とともに たちしかど 秋風ぞ吹く 白川の關（猶憶離京日，彩霞漫天邊；今在秋風裡，來到白川關）。」（《後拾遺和歌集・羈旅》）白川關在今福島縣白川市附近，古屬東山道岩代國；而去來所詠白川（注8）則在今京都市北白川町，屬關西。一東一西，一古一今，時空不同，而所詠秋風之趣則無不同也。

浮萍不開花不
結實卑下低俗油
腔滑調唯好戲謔
俳味之甜辣澀淡
如水之由淺而深
一掬而可知
百川之味也

四山瓢[1]

瓢之銘　山素堂[2]

一瓢重黛山[3]
自笑稱箕山[4]
莫習首陽餓[5]
這中飯顆山[6]

我有一瓢，非顏公垣籬所植之苗裔[7]，亦非惠子所傳之種子[8]。嘗託巧匠雕成插花之器，則大而無當。擬權當竹筒以盛酒，則不倫不類。有人曰：宜用以儲藏草庵貴重之米糧。誠然。我豈猶有蓬心[9]

---

1 貞享三年（一六八六）秋作，一題〈瓢之銘〉。瓢：葫蘆之類，或稱瓠瓜。多作橢圓形。果皮乾硬後、可作盛酒、蓄水、儲物之器，或剖之以為瓢勺，用以取水舀酒。

2 山素堂：原名山口信章（一六四二—一七一六），即文中所稱之隱士素翁，善漢詩漢文。曾師事貞門北村季吟。與芭蕉互為俳友。

3 黛山：泰山之另寫。司馬遷〈報任少卿書〉：「人固有一死。死或重於泰山，或輕於鴻毛，用之所趣異也。」

4 箕山：在河南省東北部。相傳堯時巢父、許由隱居於此。後因以箕山喻退隱之處。曹丕〈與吳質書〉：「而偉長獨懷文抱質，恬淡寡欲，有箕山之志，可謂彬彬君子者矣。」

5 首陽山：一說今山西省永濟縣南。《論語・季氏》：「伯夷、叔齊餓死於首陽之下。」《史記・伯夷列傳》：「武王已平殷亂，天下宗周，而伯夷叔齊恥之，義不食周粟。

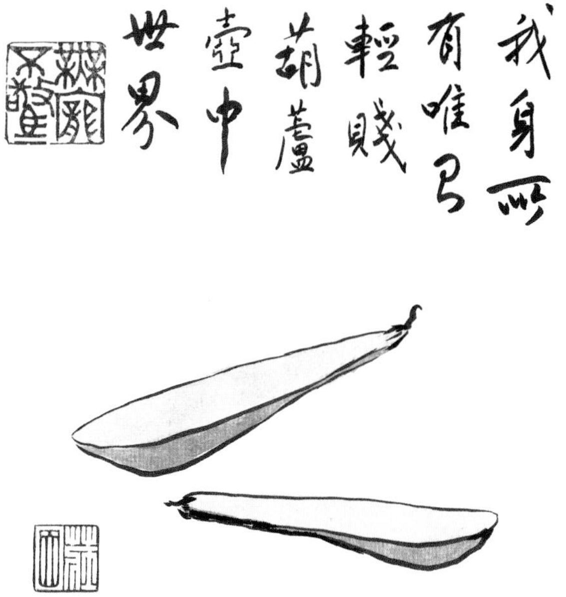
我身所
有唯已
輕賤
葫蘆
壺中
世界

哉？於是乃請隱士素翁為之命名。其詩見錄於右。其句均以山名為題，故稱〈四山〉。中有飯顆山，乃老杜之所居，李白曾有詩調侃之[10]。素翁蓋欲代李白諷我之清貧也。且瓢中無物時，可充集塵之器。有米可藏時，則一壺值千金而抱之[11]，則黛山之重亦輕如鴻毛矣[12]。

我身所有
唯有輕賤葫蘆
壺中世界[13]

隱於首陽山，采薇而食之，……遂餓死於首陽山。」

6 飯顆山：相傳位於長安地區，或名飯山。李白有〈戲贈杜甫〉詩云：「飯顆山頭逢杜甫，頭戴笠子日卓午。借問別來太瘦生，總為從前作詩苦。」蓋譏杜甫作詩講究韻律而反受拘束也。

7 顏公：指孔子高弟顏回，字子淵。《論語・雍也》：「賢哉回也。一簞食，一瓢飲，在陋巷，人也不堪其憂，回也不改其樂。」古籍並無顏回種瓢記錄，此句蓋以顏回喻己之貧而不改其樂。

8 《莊子・逍遙遊》：「惠子謂莊子曰：『魏王貽我以大瓠之種，我樹之成而實五石。以盛水漿，其堅不自舉也。剖之以為瓢，則瓠落無所容。非不呺然大也，吾為其無用而掊之。」

9 蓬心：在《莊子・逍遙遊》中，莊子評斷上注所引惠子之言云：「今子有五石之瓠，何不慮以為大樽而浮乎江湖，而憂其瓠落無所容？則夫子猶有蓬之心也夫。」蓬心：喻見識淺薄、迂曲不通。

10 見注6。

11 一壺千金：《鶡冠子・學問》：「不提生於弗器，賤生於無所用。中河失船，一壺千金。貴賤無常，時使物然。」

12 見注3。

13 原文：「ものひとつ瓢（ひさご）はかろき我（わが）よかな。」蓋謂我之一生，輕賤如葫蘆，無所重用也。

閑居箴[1]

嗟夫，何其疏懶一老翁也。平日不勝有人來訪之煩，心中時時暗誓：不與人交，不招人來。然每逢月夜雪朝，則心慕友生而無以自遣[2]。對酒無伴，唯有我問我心、我言我心而已。推開庵門，望雪之霏霏，又舉杯獨飲。於是濡筆，於是擱筆，隨興之所之耳。嗟夫，是誠瘋狂一老翁也。

喝起酒來
輾轉更難入眠
夜雪霏霏[3]

1 約貞享三年冬之所作。
2 李白〈月下獨酌〉：「花間一壺酒，獨酌無相親。」白居易〈寄殷協律〉：「琴詩酒伴皆拋我，雪夜花時最憶君。」
3 原文：「酒のめば　いとど寐られぬ　夜の雪。」《世說新語・任誕》：「王子猷居山陰，夜大雪眠覺，開室，命酌酒。四望皎然，因起彷徨。……忽憶戴安道。」

對酒無伴唯有我問我心我言我心而已推開庵門重雪霏霏又舉杯獨飲於是濡筆於是擱筆隨興戲之耳

蓑蟲說跋

草庵閉門索居，孤單閑寂之際，偶得蓑蟲[1]一句。吾友素翁[2]深為感動，為之題詩撰文[3]。其詩也，如錦刺繡；其文也，如玉滾珠。細心翫之，似有離騷之巧，又有蘇新黃奇焉[4]。

首言虞舜、曾參之孝[5]，蓋欲有以導人也。其自以為無能無才者，宜再細察南華之心[6]。最後乃提玉蟲[7]之調情，蓋戒之以色也。如非素翁，誰知此蟲之心哉？語曰：靜觀物皆自得[8]，有此人乃知

1 作於貞享四年（一六八七），芭蕉四十四歲。當年秋，芭蕉作〈聽閑〉句：「蓑虫の 音を聞に來よ 草の庵（蓑衣蟲鳴，請來一起細聽，草庵寂然）。」素堂以和文寫〈蓑蟲說〉，芭蕉寫跋附之。

2 素翁：原名山口信章，俳號素堂。見〈四山瓢〉，注2，頁四二。

3 素堂另有四言題詩一首：「蓑蟲蓑蟲　落入牕中　一絲欲絕　寸心共空　似寄居狀　無蜘蛛工　白露甘口　青苔粧躬　從容侵雨　飄然乘風　棲鴉莫啄　家童禁叢　天許作隱　我憐稱翁　脫蓑衣去　誰識其終。」

4 離騷：即屈原〈離騷〉。蘇新黃奇：指宋詩人蘇軾之清新、黃庭堅之奇峭。

5 素堂〈蓑蟲說〉：「蓑蟲蓑蟲，……奶奶奶奶哀叫，只為孝心？……舜以瞽叟為父，汝為蟲之舜乎？」虞舜：《史記・五帝本紀・虞舜紀》：舜以孝聞，「舜之父瞽叟頑，〔後〕母嚚，弟象傲，皆欲殺舜。舜順適不失子道。兄弟

草庵閑門索居
孤單閑寂之際偶
得蓑蟲一句吾友素
翁深為感動為之
題詩撰文其詩也如
錦刺繡其文也如玉
滾珠細心翫之似有
離騷之巧又有蘇
新黄奇焉

有此句。

古來弄筆之人，多耽花而不實[9]，好實而忘風流。此文也，既愛其花，猶可嘗其實。茲有姓某名朝湖者[10]，傳聞此事而畫之，其丹青誠淡而情細緻也。凝神觀之，則如蟲在動，而疑黃葉將落矣。傾耳聽之，其蟲彷彿作聲，且秋風微微吹來而寒。

閑窗猶得閑，幸有兩士[11]任其勞，蓑蟲之情面可謂大矣。

孝慈，欲殺不可得。即求嘗在側。」曾參：《史記・仲尼弟子列傳》：「字子輿。少孔子四十六歲。孔子以為能通孝道，故授之業。作《孝經》。死於魯。」

6 無能無才：〈蓑蟲說〉：「蓑蟲蓑蟲，叫聲不安，哀汝無能。」南華：即《莊子》。唐玄宗時，詔號莊子為「南華真人」；其書為《南華真經》。成為道教重要經典之一。南華之心指莊子天地與我並生、萬物與我為一，去物我、大小、貴賤、是非之分。《莊子・逍遙遊》郭象注：「夫大小雖殊，而放於自得之場，則物任其性，事稱其能，各當其分，逍遙一也。」

7 玉蟲：或名吉丁蟲、金花蟲。甲蟲之類。體長約三・五公分、紡錐形。甲翅綠色，發金屬光澤。背有赤綠縱線如虹霓。御伽草子〈玉蟲草紙〉之故事云，群蟲迷戀玉蟲姬。蓑蟲亦寄信與姬，附歌一首：「身分微賤一蓑蟲，願共玉蟲一夜枕。」

8 靜觀物皆自得：程顥〈秋日偶成〉：「萬事靜觀皆自得，四時佳興與人同。」芭蕉有句題〈物皆自得〉：「花にあそぶ 虻なくらひそ 友雀（彼此賞花，可別捕食虻蟲，麻雀朋友）。」

9 所謂華而不實也。

10 多賀朝湖（一六五二—一七二四），狩野派畫家。晚年改號英一蝶。

11 二士：指素堂與朝湖。

續原跋[1]

一柳軒主人不卜氏[2]，身隨塵界人間之俗、而心寄雲山巖峰之高；或忍負笈吉野之勞以賞山上之花[3]，或浮舟琵琶而覽湖水之月[4]。甘為俳諧之使[5]蓋有年矣。在此之前，其俳諧之結集而公之於世者，已有二次[6]。然而，時過境遷，雲行雨施[7]，是以東籬之菊[8]變種者多而異其名，唐朝牡丹之花蕊花枝[9]，於今亦與從前不盡相同。寒梅冷清之香，櫻花華麗之趣，應時對景而詠之於句，亦能出

1 作於貞享四年（一六八七）初冬。芭蕉四十四歲。

2 不卜（？—一六九一）：俳號，姓岡村（？—一六九一），通稱市郎右衛門。江戶人，但非蕉門弟子。

3 吉野山：在今奈良縣吉野郡，古大和國名歌枕，賞山櫻勝地。

4 琵琶：指琵琶湖，在近江國（今滋賀縣），琵琶湖「石上秋月」為近江八景之一。此句或可解作：浮舟琵琶湖上彈琵琶以賞湖中映月。

5 原文「風雅之奴」，風雅喻俳諧。

6 指《江戶廣小路》（一六七八）、《向之岡》（一六七九）二集。

7 雲行雨出：語出《易經・乾卦・彖辭》：「大哉乾元，萬物資始，乃統天。雲行雨施，品物流行。」按：芭蕉於兩三年後所提俳論「不易流行」之說，蓋已萌芽於此。

8 陶淵明〈飲酒〉十二首之一：「采菊東籬下，悠然見南

新而使人驚嘆。其句之佳者多如茂林，入其林而採其花香之清越，拾其樹葉之濃豔者；分成左右為句合，依四季之序而輯之。乃請判士[10]四人，我亦為其一而從其事。誠可謂冒充樂師而濫吹笛子者[11]。雖然，終不能縫青鷺之眼，閉鸚鵡之口也[12]。貞享卯年[13]，濯筆於江上之潮，遂對蕉庵雪夜之燈[14]。

桃青書

山。」按：菊於古代由中國傳入日本之後，培養出許多大小、顏色、花瓣不同之品種。常見於漢文漢詩中，物語中亦偶爾見之。後來成為日本皇室家徽。菊為芭蕉俳諧常詠之物。

9 牡丹：有關牡丹之記載與詩文甚多，不勝枚舉。如宋高承《事物紀元・草木花草・牡丹》：「隋煬帝世始傳牡丹，唐人亦曰木芍藥。開元時，宮中及民間競尚之。今品極多也。」而尤以歐陽修〈洛陽牡丹記〉，廣為人知。該文有〈花品序〉、〈花釋名〉及〈風俗記〉三章，就牡丹之種類、名稱、養殖方法等，有具體簡約之敘述。

10 判士：即俳諧句合判者（參〈常磐屋句合跋〉，注4，頁一九）。四人為素堂、調和、湖春、芭蕉，依序分擔春夏秋冬之句合評點。

11 用南郭竊吹故事，喻濫竽充數，典出《韓非子・內儲說上》：「齊宣王使人吹竽，必三百人。南郭處士請為王吹竽，宣王悅之。……宣王死，湣王立，好一一聽之，處士逃。」芭蕉蓋謂忝為〈續原〉判士之一，自謙如南郭之雜在眾多樂師之間竊吹其竽也。芭蕉以笛代竽。

12 青鷺：即蒼鷺，眼明喙尖，善於獵魚蝦。鸚鵡：性好饒舌，喋喋不休。二句蓋芭蕉自謂：雖自謙濫竽充數，仍不免被眼尖利嘴者看破，畢竟難堵指責批評之聲也。黄山谷有詩云：「鸚鵡纔言便關鎖。」芭蕉反其意而用之。

13 貞享四年丁卯（一六八七）。

14 江上：隅田江。蕉庵：芭蕉庵之略。

示權七[1]

有離故里而寄身田野之人[2]。其家僕某[3]不辭薪水之勞，腐心事主，蓋欲步武獠奴阿段之功，追慕陶侃之胡奴也[4]。誠哉，道之行也無關其人，物之性也不在其形[5]。在下位者亦有上智之人[6]。爾後勿懈其鐵心石腸以事主人之志，而主人[7]亦不可忘其善而宜善待之。

祝
先致祝福
心有梅花待放

1 貞享四年（一六八七）冬，芭蕉訪弟子杜國時之所作。

2 指芭蕉之愛徒杜國（？—一六九〇），本名坪井彥左衛門，通稱壺屋庄兵衛。名古屋富裕米商。因米糧買空賣空之罪嫌（一六八五）而遭流放三河國（今愛知縣），芭蕉曾訪之於其寄居地保美村（一六八七）。約三年後，杜國便英年早逝，享年僅三十餘歲。

3 家僕：即本文標題之權七。真名為家田與八，保美當地出身。

4 杜甫七律〈示獠奴阿段〉尾聯云：「曾驚陶侃胡奴異，怪爾常穿虎豹群。」按：陶侃有胡僕名摩訶，潛水尋覓沉劍，慘遭蛟龍咬死；杜甫有蠻傭名阿段，入山引水解渴，須防虎豹來襲。芭蕉謂權七之忠勤，蓋可比摩訶、阿段之冒險犯難也。

5 二句謂：道行之高低無關身分之貴賤；物性之善惡不因外貌之美醜。

蟄伏過冬[8]

6 此句出處不詳。似非引文，乃為芭蕉自造。唯《論語・陽貨》「唯上知與下愚不移」，與《中庸》「在下位，不獲乎上，民不可得而治矣；獲乎上有道，不信乎朋友，不獲乎上矣」之語，或在芭蕉心中徘徊，可供參考。

7 指權七之雇主，即芭蕉愛徒杜國。

8 原文：「先（まづ）いわへ　梅（うめ）をこころの　冬籠（ふゆごもり）。」意謂寒冬之後，梅花必開，以慰杜國不可失其風雅之志也。

杖突坂落馬[1]

從佐夜乘迴船[2]，黎明殘月已沉；遙望美濃路、近江路[3]諸山上，始降白雪，頓覺賞心悅目。卻有髭鬚船客，一副凶相，似為武士從僕，動輒怒目叱呵船家，興味為之索然。

自桑名[4]則處處雇馬而行。方乘馬，欲登杖突坂[5]，馱鞍鬆脫，人亦落馬。獨自遊方，諸多不便，而馬夫竟叱之曰：「何其笨手笨腳也。」因詠一句：

1 貞享四年（一六八七）年底，在「笈之小文」旅途之所作。

2 佐夜：或作小夜，又稱佐夜中山。今靜岡縣掛川市日坂至金谷町間之坡道。歌枕。芭蕉於貞享四年（一六八七）冬訪問杜國於保美後，至佐夜乘船下木曾川，至桑名，然後經陸路，乘馬或雇輿，經過杖突坂，年底返抵故里伊賀上野。迴船：往來河道或沿海之船隻。

3 美濃（今岐阜縣）、近江（今滋賀縣）：江戶時代東山道南部、靠近京畿之二國名。路指通往或經過某國或某地之通道。

4 桑名：地名，在今三重縣桑名市。

5 杖突坂：山坡道名，在今三重縣四日市市采女與鈴鹿市藥師町之間。可譯為拄杖坡。據《古事記》神話，倭建命歸自東征，經過此地，倦甚而拄杖登之，故名。

若是徒步
拄杖走拄杖坡
豈至落馬[6]

句中無季語，不妨稱之為雜句[7]。

6 原文：「徒歩ならば 杖つき坂を 落馬哉。」

7 雜句：和歌、俳諧分類之一。在和歌，指不屬於四季或戀情之歌；於俳諧，則指無季語之句。

高野登山序[1]

登上高野山中[2]，靈山靈地；法燈長明[3]，坊舍處處，佛閣連甍。一印頓成之春花[4]，聞香於寂寂霞空，猿聲鳥啼，斷人愁腸。淨心拜廟[5]後，徘徊骨堂[6]，乃有所思焉。此乃保存眾先人遺物之處。我先祖之鬢髮，尚有親朋白骨，可懷可念，亦在其中。思之愴然，衣袖難掩；且抑淚落而吟曰：

父兮母兮
孺慕切切我悲
野雞啼聲[7]

---

1 原題〈高野登山端書〉，或題〈高野詣〉。作於貞享五年（一六八八）三月。九月底改年號為元祿元年。芭蕉四十五歲。

2 高野山：今和歌山縣伊都郡高野町，有弘法大師（空海）所創真言宗總本山金剛峰寺。

3 法燈長明：指高野山常夜燈，以喻佛法常在不滅。

4 一印頓成：習得一印相而頓得成佛之利益也。《大乘經》：「但有一法印，謂諸法實相。」真言宗密教秘法。一印頓成之花：謂結一手印，唱陀羅尼，可達悟境，如一時櫻花豁然盛開，令人大開眼界也。

5 廟：原文御廟。當指弘法大師之廟。

6 骨堂：納骨堂，藏遺骨、遺髮、遺物之處。

7 原文：「父母(ちちはは)の　しきりに戀(こひ)し　雉(きじ)の聲(こえ)。」奈良時代高僧行基菩薩有歌云：「山鳥の　ほろほろと鳴く　聲聞けば　父かとぞ思ふ　母かとぞ思う（山上雉雞聲，啾啾鳴不停，聲聲何悲切，思父念母情）。」《玉葉和歌集》卷十九。

十八樓記[1]

美濃國臨長良川[2]有水樓。樓主賀島氏[3]。稻葉山[4]聳其後，亂山重疊於西，不近不遠。田中有寺，隱於杉樹林中；沿岸民家皆圍在深綠竹叢之後。處處可見張掛漂布[5]而曬之，右方泊渡舟。村民往來甚繁，漁村並軒。有撒網者、有垂釣者，各演其技，似乎為款待此樓而展示之也。

夏日暮色遲遲，幾忘暑熱。落日景致，月光代之。篝火閃爍，映蕩波上，逐漸靠近過來。至水樓高

1 貞享五年（一六八八）六月在岐阜，訪賀島鷗步時之所作。芭蕉四十五歲。

2 長良川：發源於岐阜縣大日岳，經岐阜市北，南流濃尾平原，於三重縣桑名市與楫斐川合流後注入伊勢灣。鸕鶿捕魚為當地勝景。

3 賀島善右衛門，岐阜市人。油商，俳號鷗步。

4 稻葉山：在岐阜市東，屬金華山之一部。聳立平野中，長良山流經其下。

5 漂布：在水裡漂洗後曬在河岸之棉布。

6 鸕鶿：原文鵜，又名鶘鵬，俗稱魚鷹、水老鴉或伽藍鳥。翅膀寬大，頷下有喉囊，能伸縮兜食魚類，漁夫用以捕魚。

7 瀟湘八景：在中國湖南省，即瀟湘夜雨、平沙落雁、遠浦歸帆、山市晴嵐、江天暮雪、洞庭秋月、煙寺晚鐘、漁村西照。

欄之下，即放鸕鷀捕魚[6]，實為難得一見之景也。彼瀟湘八景[7]與西湖十境[8]，彷彿忽會於涼風一拂之間矣。若欲命名此樓，豈非可名之曰十八樓耶[9]？

在此周圍
視線所及景色
都很涼爽[10]

8 西湖十境（景）：在浙江省，即花港觀魚、柳浪聞鶯、平湖秋月、雷峰西照、曲院風荷、南屏晚鐘、雙峰插雲、蘇堤春曉、三潭印月、斷橋殘雪。

9 十八樓：瀟湘八景加西湖十景，得十八景。故以十八為名，以喻此樓合十八景之勝也。

10 原文：「此あたり 目に見ゆるものは 皆涼し。」

更科姨捨月[1]

嘗聞有人前往白良、吹上等地賞月[2]，恍然有所誘慕。今年，亟欲觀賞姨捨[3]之月，乃於八月十一日離開美濃國。路途遠而日數少，故暗中即出門，夜深方投宿。終如所願，及時抵達更科[4]。姨捨山在八幡里[5]之南約一里，向西南橫亙，既不高聳，亦無巉巖峻嶺，但見山容愴然悲戚。有古歌云「難慰我心憂[6]」，於我心有戚戚焉。世間無端哀愁，已不勝其煩矣，何以又有捨棄老人之俗耶？思之悲上加

1 應作於貞享五年（一六八八）八月更科賞月、返回江戶不久之後。更科之行，詳〈更科紀行〉，頁一九〇—一九六。

2 《平家物語》卷五〈賞月〉章：「有人則前往白良、吹上、和歌浦、住吉、難波、高砂、尾上觀月，至黎明始返。」按：所舉地名皆平安時代紀伊國（今和歌山縣）賞月勝地。

3 姨捨：山名。在古美濃國更科，今長野縣更級郡更埴市附近，其山坡梯田為賞月勝地，俗稱「田每月」，謂山坡梯田段段所映之月也。更級為更科之另寫，今多用之。芭蕉另有〈更科紀行〉一文記其前往更科姨捨山賞月之行。頁一九〇—一九六。姨捨山亦為姨捨（棄老）傳說之發源地，有諸多不同故事。據《大和物語》一五六話：昔更科里有一男子，幼年失怙失恃，由其伯母扶養成人。婚後，其妻厭惡伯母，屢促男子棄之於山中。男子無奈，不得不

十六夜晚仍在更科姨捨續賞明月

悲，不禁潸然淚下。

幻影恍惚
老婦獨自哭泣
月娘為友[7]　　芭蕉

十六夜晚
仍在更科姨捨
續賞明月[8]　　同

背伯母至深山中棄之。當日適值仲秋，夜仰明月，乃詠歌一首：「我が心 慰めかねつ 更級や 姨捨山に 照る月を見て（更級仲秋夜，難慰我心憂。姨捨山上月，仰看徒增愁）。」（此歌亦見於《古今和歌集・雜歌》）不堪自責，即返山中攜回伯母，云云。

4 謂及時於八月十五夜抵達更科姨捨山賞月。

5 八幡里：今長野縣更埴市八幡。

6 見注3所引無題無詠者之古歌，中有「難慰我心憂」句。

7 原文：「俤(おもかげ)は 姥(おば)ひとりなく 月(つき)の友(とも)。」

8 原文：「いざよひも まださらしなの 郡哉(こほりかな)。」

芭蕉庵十三夜[1]

木曾勞累
瘦削仍未復元
已到後月[2]
芭蕉

仲秋賞月於更科里姨捨山[3]，難慰我心，哀愁猶繞腦際，而瞬已長月[4]十三夜矣。今宵之月，自宇多天皇降旨[5]以來，世人亦當名月賞之，或稱之曰後之月或二夜月。豈非我國才士文人有所增益於賞月風雅耶？是夜之月也，亦閑人如我輩之所玩賞，何況難忘山野遊覽之

1 貞享五年（一六八八）九月十三日作於芭蕉庵。

2 原文：「木曽の痩も　まだなをらぬに　後の月。」下五後之月乃日造漢詞，指八月十五仲秋後，九月十三夜之月，又稱二夜月等。北村季吟（一六二四—一七〇五）所著《山井》（一六四八）云：「九月十三夜，或稱栗名月、豆名月，又稱二夜月、後之月。」按：名月專指仲秋之月。芭蕉於八月十一日自美濃出發，經木曾國趕至更科姨捨山賞月。然後，於八月下旬返抵江戶草庵。所謂「木曾勞累」蓋指此行。

3 更科里姨捨山：地名，見〈更科姨捨月〉，注3．頁六二。

4 長月：陰曆九月之異稱。

5 據藤原宗忠《中右記》（一〇八七）：「九月十三日。今夜雲淨月明。於是，寬平法皇云：今夜明月無雙。邇後我朝以九月十三夜為明月之夜。」按：寬平法皇即五十五代宇多天皇（在位八八七—八九七）。天皇退位者為上皇；

悵悵，乃邀人人來庵，扣酒瓢[6]，誇稱山上小栗為白鴉[7]以待客。鄰家素翁[8]攜來丈山老人「一輪未滿二分虧」唐歌[9]一幅，咸以為正合此夜之趣也，乃懸之壁上，權當草庵娛客之助。有狂客某某講唱白良、吹上故事[10]，月色彷彿亦增其光，誠可謂可懷可念之夜也。

上皇剃度者為法皇。

6 酒瓢：葫蘆之類雕成之盛酒器。詳參〈四山瓢〉一文，注1，頁四二。

7 杜甫〈崔氏東山草堂〉：「盤剝白鴉谷口栗，飯煮青泥坊底芹。」白鴉谷在陝西藍田縣東南二十里，唐代其地產栗，有名於時。芭蕉蓋以當地小栗喻唐朝名栗也。

8 山口素堂（一六四二—一七一六）：江戶時代知名文人，芭蕉俳友。俳諧之外，又通茶道、書法、能樂、漢詩、和歌等。參〈四山瓢〉、〈蓑蟲說跋〉，頁四二、四八。

9 唐歌即漢詩。石川丈山（一五八三—一六七二）：江戶前期重要漢詩文人。武士出身，屢建武功。後棄武從文，隱居京都詩仙堂。有漢詩集《覆醬集》等。「一輪未滿二分虧」句，出《覆醬集》，題〈九月十三夜〉。一輪指滿月。

10 白良、吹上：典出《平家物語》卷五〈賞月〉故事，已見〈更科姨捨月〉，注2，頁六二。

送越人[1]

尾張十藏，越路人，故自號越人[2]。為便粟飯柴薪，隱於市中[3]。勤勞二日，優游[4]二日；勤勞三日，優游三日。性好酒，醉則唱平家[5]。是我友也。

兩人所見
往歲雨雪霏霏
今年下否[6]

1 元祿元年（九月底改元，一六八八）冬之所作。芭蕉四十五歲。

2 越人（一六五六—一七三六）：蕉門十哲之一。本名越智十藏（或作重藏，讀音同），出身越後國。又號負山子、桃花翁等。長居尾張國（今愛知縣）。貞享四年（一六八七）冬，陪同芭蕉訪同門杜國於三河國保美村。翌年秋，又隨其師，經木曾、更科歸江戶，寄居芭蕉庵。著有《鵲尾冠》等。粟飯柴薪：指賴以為生之基本物資。

3 越人於三十歲左右移居名古屋，經營染坊，以謀生計。王康琚〈反招隱詩〉：「小隱隱陵藪，大隱隱朝市。」白居易〈中隱〉：「大隱住朝市，小隱入丘樊。」芭蕉蓋謂：越人如大隱，隱於朝市者也。

4 謂優游於風流韻事如俳諧之類。

5 彈唱平家故事，又稱「平家琵琶」或「平曲」，參〈更科姨捨月〉，注2，頁六二。

6 原文：「二人見し 雪は今年も ふりけるか。」去年冬，芭蕉攜越人同往保美訪杜國，道中遇雪，今冬懷念其景其人其趣，故有此句。按：當時路上，芭蕉另有句〈與越人在吉田驛〉：「寒けれど 二人旅寝は おもしろき（儘管寒冷，兩人旅次同眠，有趣有趣）。」又〈往伊羅古路上，越人醉而乘馬〉：「雪や砂 むまより落よ 酒の酔（雪上砂上，騎馬搖晃墮下，好個醉漢）。」足見師徒之情之深。伊羅古：又有伊良湖、伊良紫、伊良虞等另寫，海角名，在愛知縣渥美半島尖端，古歌枕。

曠野集序[1]

尾陽蓬左[2]橿木堂主人荷兮子[3]，編一集而名之曰《曠野》[4]。何以用此名，則不得而知。予遙想之，蓋往年羈旅該地時[5]，時有吟詠而捨之不顧者，〔荷兮〕輯之成冊，題名《冬日》[6]。繼冬日之光，續編《春日》[7]而耀之於世。果不其然，如月彌生[8]晴空燦爛；柳葉櫻花鋪地織錦[9]；蝴蝶小鳥各展風情。中亦稍有華而不盡其實者。此集則野外陽炎[10]，遊絲繫心緒，幽玄隱約，若有若無[11]。姬百

1 作於元祿二年（一六八九）三月，「奧之細道」之旅前。《曠野集》為《芭蕉七部集》第三。

2 尾陽蓬左：尾張國（今愛知縣）南部，蓬萊宮（熱田神社）之西，即名古屋。按：蓬萊宮為奉祀三神器之一天叢雲劍（草薙劍）之神社。

3 荷兮（一六四八—一七一六）：本名山本五右衛門周知，早期俳號加慶，又號橿木堂主人。行醫為生。入蕉門後，改號荷兮。一時儼然為尾張蕉門領袖，編有所謂《俳諧七部集》中《冬日》（一六八四）、《春日》（一六八六）與《曠野》（一六八九）三集。晚年疏離蕉門，寄情連句，有《曠野後集》等。

4 《曠野》：《俳諧七部集》第三集（一六八九），荷兮編。收錄以蕉門為主之發句與歌仙。

5 貞享元年（一六八四）冬，芭蕉在《野曝紀行》（又名《甲子吟行》）路上，盤桓名古屋，與新入門弟子荷兮、

合之無依無靠，而結苞開花，自然而然：雲雀之翱翔太空，渺茫無垠[12]；蓋欲為此道尋其新徑者。誠可謂此曠野之牧也[13]。

元祿二年彌生

芭蕉桃青

野水、杜國等有多次連句會。

6 《冬日》：或稱《尾張五歌仙》，荷兮編，貞享元年（一六八四）刊。主要收錄芭蕉在名古屋所行歌仙（三十六句連句）五卷，為《俳諧七部集》第一集。

7 《春日》：荷兮編，與《冬日》為姊妹篇，刊於貞享三年（一六八六），收當年春季所行荷兮、越人等人俳會之連句，以及尾張、美濃二國俳人之發句。芭蕉之作僅收發句三句。《俳諧七部集》第二集。

8 如月、彌生：分別為陰曆二月、三月之雅稱。

9 素性法師〈花盛開時自京遠眺〉：「見渡せば 柳櫻をこきまぜて 都ぞ春の 錦なりける（陽春且瞭望，但見柳與櫻。葉飄花搖落，錦繡滿京城）。」（《古今和歌集・春歌》）素性，俗名良岑玄利，三十六歌仙之一。《古今和歌集》代表歌人。

10 陽炎：亦作陽燄，或單作燄。佛家語。指初春原野日光下浮遊閃爍之塵氣。或稱遊絲、野馬、蜉蝣。《庶物異名疏》引龍樹大士曰：「日光著微塵，風吹之野中轉，名之為陽燄。愚夫見之，謂之野馬；渴人見之，謂之流水。」元稹〈遺春〉詩：「陽燄波春空，平湖漫凝溢。」

11 和漢文人有用陽燄以喻似真似假、若有若無、諸事無常之意。白居易〈開元寺東池早春〉：「舊遊成夢寐，往事隨煬炎。」又島田忠臣：「林中花錦，時開時落；天外遊絲，若有若無。」（《和漢朗詠集・春》引）又詠者不知：「霞晴れ 緑の空も のどけくて あるかなきかに あそぶ絲遊（殘霞消散後，綠色滿晴天。遊絲遊來去，若有若無間）。」（《和漢朗詠集・情晴》引）又題不知：「哀れとも うしともいはじ 陽炎の あるかなきかに けぬる世なれば（哀憂何必辨，有無若陽炎。諸事無常世，消失有無間）。」（後撰和歌集。雜歌）柳澤毅氏引鴨長明（？——一二一六）歌論《瑩玉集》〈幽玄之歌姿〉條云：「借譬言之，如望綠空遊絲，既非有，亦非無，飄忽閃爍，非入其境者難以描述之。」（角川文庫《芭蕉俳文集》）

12 姬百合：野生小百合，漢語或稱山丹。西行〈以心性不定為題人人詠之〉：「雲雀たつ 荒野に生ふる 姫百合の 何につくとも なき心かな（雲雀翔太空，百合生野中，無依無憑藉，無心造化功）。」（《山家和歌集》）芭蕉有句云：「原中や 物にもつかず 鳴く雲雀（原野空中，雲

雀無依無靠，飛鳴無礙）。」可見其傳承依傍之跡。

13 此道：謂俳諧之道。曠野：蓋指當今荒蕪未闢之俳壇，而荷兮願為其牧守，另闢俳風新徑，喻荷兮編撰《曠野》集之功。按：此序作於元祿二年彌生，即一六八九年陰曆三月。

天宥法印追悼文[1]

羽黑山別當執行不分叟天宥法印[2]，有作法靈驗之譽；蓋以止觀圓覺[3]佛智法力[4]施之於人，盡其巨靈之工[5]、女媧之巧[6]，開山鑿石，或築坊舍，或作臺階[7]；遠引雲霧山氣之滴而以筧導之[8]。石雕器物、木製用具，比比皆是。一山之內莫不慕其名而仰其德。誠可謂羽山之再開基者也[9]。然而，傳聞不知因何災禍，竟遭流放伊豆國[10]陣陣海風之地；而終化其無常之身為波上之露[11]。此次以僕三山巡

1 本文或題〈法月〉。元祿二年（一六八九）六月初三至十三芭蕉住羽黑，應是其間所作。

2 羽黑山：與月山、湯殿山號稱出羽三山，在今山形縣東田川郡羽黑町。山上有羽黑權現（出羽神社），真言宗，古來修驗道羽黑派之道場。別當：為統轄一山寺務之長官。執行：實際執行法會等儀式之職。因老而身兼別當與執行，故稱不分叟。天宥法印：羽黑山第五十代別當，改羽黑山屬天台宗。因大興土木、宗派間爭執、繼承人選等問題，爭議不斷，終被流放伊豆大島。延寶二年（一六七四）歿於謫地，八十一歲（一說七十九歲）。按：法印為法印大和尚之略，僧階第一，學德具備者任之，相當於僧正之位。

3 止觀：天台宗基本教義，止是止息一切妄念，觀是觀照諸事實相。止屬於定，觀屬於慧。圓覺：圓滿無缺之最高悟覺。裴休〈圓覺經疏序〉云：「統眾德而大備，爍群昏而

禮[12]之便，其門徒屢勸吟一句以悼之，乃不顧淺陋，戲謅一句，焚香之後敬謹奉上。誠惶誠恐之至。

魂兮歸來
歸來羽黑山上
法月皎兮[13]

元祿二年季夏[14]

燭照，故曰圓覺。」芭蕉在《奧之細道》中謂羽黑權現：「天台止觀之義，皓月普照；圓頓融通之教，法燈永傳。僧坊連棟，修驗勵法。靈山靈地，靈驗神效，人人敬而畏之。昌隆已久，可謂證果圓滿，誠寶山也。」

4 佛智：佛之智慧，即佛家教義。法力；原文作才用，似為芭蕉自鑄漢詞，注家多釋之為利用佛智〔以濟眾生〕。無適切對等漢語，姑以法力譯之。

5 巨靈：河神。張衡〈西京賦〉：「巨靈贔屭，高掌遠蹠，以流河曲，厥跡猶存。」按：贔屭，作力貌，致力不懈狀。謂高處以手掌推之，遠處以腳踢之，指巨靈開闢山河之功。

6 女媧：上古女帝（女神）名，人頭蛇身，煉五色石補天。《史記・三皇本紀》：「〔共工氏〕乃頭觸不周山，崩。天柱折，地維缺。女媧乃鍊五色石以補天，斷鼇足以立四極，聚蘆灰以止滔水，以濟冀州。於是平天成，不改舊物。」

7 指天宥開闢山林、大興土木之舉。

8 筧：自高處引水之竹管，往往連接甚遠，以充家用或灌溉之需。

9 羽黑山之開基者為能除大師。呂茄編《三山雅集》（一七一〇）引〈舊記〉云：「崇峻天皇（在位五八七—五九二）第三皇子……放北海之濱，然太子即皈佛門，……法名弘海，……往攀羽山，修捨身行，住阿久谷逾三秋。衣以藤皮，食以樹果。平日無他辭，特信《般若經》力，誦『能除一切苦』之文，又誦『能除一切空』之文，故稱之曰能除仙。」

10 伊豆國：東海道十五國之一，今靜岡縣東部之伊豆半島與伊豆諸島。古為流放罪犯之地。

11 見注3。

12 芭蕉在其奧羽北陸行腳（一六八九）途中，陰曆六月上旬，巡禮三山，紀行文《奧之細道》有專章敘其事，並附有「三山巡禮」之發句四句。

13 原文：「其玉や　羽黑にかへす　法の月。」按：法月之法指佛法，如法雨、法燈、法衣之法。芭蕉在《奧之細道》中，另有詠羽黑山之句：「涼しさや　ほの三か月の　羽黑山（涼意絲絲，朦朧一彎新月，羽黑山上）。」

14 一六八九年陰曆六月。

銀河序[1]

行腳北陸道[2]，夜宿越後國出雲崎[3]。望彼佐渡島，在海上十八里處，滄波遙隔，東西橫伏，寬三十五里[4]。山峰險巇，谿谷蜿蜒，彷彿近在咫尺，清晰可見。此島盛產黃金，宜為世上寶地也，可喜可賀；而竟成重犯朝敵遠流之地[5]，惡名可怖，不能無憾焉。推窗遠眺，暫慰旅愁。日既沉海，月色微芒；銀河懸天，繁星閃爍。海上潮浪之聲，斷斷續續，奪人魂魄，斷人肝腸，令人無端生悲。旅

1 元祿二年（一六八九）七月，芭蕉「奧之細道」之旅，宿越後國出雲崎，遙望海上佐渡島。此文當是後來回憶之作。

2 北陸道：古代日本「畿內、七道」行政區劃之一。北陸道在本州中央部分，日本海沿岸之七國：若狹、越前、加賀、能登、越中、越後、佐渡。

3 出雲崎：今新潟縣三島郡臨海之出雲崎町。佐渡島即在其北北西海上。

4 三十五里：其實僅約十六里。日本之一里約相當於三．九公里。

5 遠流：依日本律令，流刑有三種，即近流、中流、遠流。遠流用於最大罪犯。《延喜式》規定安房、常陸、佐渡、隱岐、土佐為遠流之地。史上遠流佐渡者，有日連、藤原資朝、順德天皇、藤原為兼、世阿彌等著名人物。

月色微芒
銀河懸
天繁星閃
爍海上潮
浪之聲
斷斷續續
奪人魂魄
斷人肝腸
令人無
端生悲

次難於入眠，不禁淚濕緇衣之袖矣。

怒海滔天
橫亙佐渡蒼茫
天河閃爍[6]

6 原文：「荒海や 佐渡に横たふ 天の河。」

紙衾記[1]

古枕古衾[2]，傳為貴妃遺物[3]，戀之而哀之。錦床之夜，被褥之上，繡以鴛鴦，願後世比翼雙飛[4]。彼衾之為物也，曾親其膚，遺香猶存，而戀之不捨，蓋有情之所不能禁者，非耶？而我此紙衾，既無關戀情，又不涉無常。行腳至出羽國最上莊[5]，有人作此以相贈，蓋可藉以防止漁夫茅屋之虱，或用以抗禦驛站土屋之髒污也。越路沿海處處[6]，或在山館野亭[7]，每宿必披之而眠，照之以二千里外之月[8]；

1 元祿二年（一六八九）八月下旬抵大垣，結束「奧之細道」之旅。住門人如行家。另一門人竹戶為之按摩，乃書此文以贈之。紙衾：以厚韌白紙塗以柿漆（柿核汁液），塗數次後，日下曬乾，夜沾露水，揉之使軟，可以裁為紙衣。或包棉為被褥，即為紙衾。極為粗陋之寢具。

2 古枕古衾：據日本學者研究，白居易〈長恨歌〉「翡翠衾寒誰與共」句，一本作「舊枕古衾誰與共」，自平安時代以後，日本典籍時有引用之者。詳井本農一〈出典といふことについて〉（《國語と國文学》昭和三十一年三月），及〈芭蕉と出典〉（《俳句》昭和三十三年六月）。

3 貴妃：在此指楊玉環，即楊貴妃。唐宣宗（明皇）之寵妃。白居易有〈長恨歌〉詠其事。

4 鴛鴦：喻相愛不渝之夫婦或情侶，但在〈長恨歌〉中並無鴛鴦一詞。比翼雙飛：〈長恨歌〉最後結尾云：「在天願

而蓬門蓽戶之床下，則聞螽斯唧唧，嗚嘶寒霜。晝則摺疊而負之背上，跋涉艱險三百餘里[9]，終成白頭而至美濃國大垣府矣[10]。乃贈與慕我之人[11]，且告之以繼我寂寥之心，勿毀貧者清寒之情也。

作比翼鳥，在地願為連理枝。天長地久有時盡，此恨綿綿無絕期。」

5 最上莊：最上川，日本東北之急流之，在酒田注入日本海。最上莊指大石田，今山形縣北村山郡大石田町，為最上川往來酒田之重要河港。芭蕉「奧之細道」之旅，曾在此地停留三夜，與當地俳人高野一榮等，留下連句一卷。

6 越路：北陸道古名，包括越後、越中、越前等國，詳〈銀河序〉，注2，頁七六。

7 山館野亭：山中或野外借宿之處。

8 白居易〈八月十五日夜獨直對月憶元九〉：「三五夜中新月色，二千里外故人心。」

9 三百餘里：「奧之細道」之旅，從深川啟程，經奧州、羽州後，沿北陸道海岸，至美濃國大垣府，歷時五月，旅程六百日里（約二千四百公里）。三百餘里為全程之半，蓋指其後半段越路（北陸道）之路程也。

10 大垣府：今岐阜縣大垣市。按：自「越路沿海處處」至此句，敘述越路旅程之艱險辛苦。

11 慕我之人：據諸多注釋，此人姓竹戶，鍛冶匠。仰慕芭蕉，在大垣為芭蕉按摩，獲贈紙衾以報其勞。

灑落堂記[1]

山靜而養性，水動以慰情[2]。有棲身於靜動之間者，濱田氏珍夕也[3]。目盡佳境，口唱風雅[4]。澄濁而洗塵，故名灑落堂[5]。門掛誡幡[6]，書之曰「有分別心[7]者不許入門內」。彼宗鑑有告客之歌[8]，此則更等而下之矣，令人不禁莞爾。且有簡樸方丈二間[9]，蓋追慕休、紹[10]二子之閑寂，而不拘繩墨者也。植樹擺石，以娛浮生無常之心。且說，御膳浦似以勢多、唐崎為左右袖[11]，抱湖而面向三上

---

1 元祿三年（一六九〇）三月中、下旬停留膳所（今滋賀縣大津市）時之所作。芭蕉四十七歲。

2 《論語・雍也》：「子曰：『知者樂水，仁者樂山。知者動，仁者靜。知者樂，仁者壽。』」王安石《性情篇》：「性者情之本，情者性之用，故吾曰性情一也。」靜動之間：謂處於山水之間，景兼山水也。

3 濱田珍夕：珍夕或作珍碩，後改號灑堂。芭蕉門人。近江國（今滋賀縣）膳所人，以醫為業。

4 風雅：喻俳諧。

5 灑落：灑者灑洗，落者落穢。灑落謂淨心而去俗塵也。類似漢語之灑落、灑脫、瀟灑。

6 誡幡：書有告誡之小旗，似為芭蕉所造詞。或作戒板。

7 分別心：佛教語，謂凡夫之虛妄算計之心也。白居易〈答次秋上人〉：「禪心不合生分別，莫愛餘霞嫌碧雲。」

8 山崎宗鑑：俳諧文藝之祖，《犬筑波集》（一五三九）編

山[12]。湖形如琵琶，松濤起而波浪響之。側仰比叡山[13]、比良嶺[14]，音羽、石山則並排於肩後。長柄[15]之花為髮飾，鏡山[16]則待月而上妝。淡妝濃抹，日日而不同。心匠[17]親風雲，亦當如是觀之也。

四方飛來
落花紛紛飄入
琵琶湖上[18]

者。嘗於屋前懸額，上書：「上客即歸去，中客一日回，留宿之客下之下。」當時有狂歌云：「上者不來，中者來而不居，下者留下過夜，留宿二夜者，下下之下客。」（《滑稽太平記》）

9 方丈：一丈四方小房。一般指佛寺或道觀之住持居處，或住持之敬稱。

10 休：千利休（一五二二—一五九一）：法名宗易。茶道集大成者。曾仕織田信長、豐臣秀吉為御茶頭。得罪秀吉，奉命切腹而死。紹：武野紹鷗（一五〇二—一五五五），室町末期茶人，千利休之茶道師匠。提倡閑寂清淡之趣（侘），對芭蕉之俳風影響頗深。

11 御膳浦：琵琶湖西岸膳所古名，亦稱粟津。「粟津晴嵐」為近江八景之一。在今滋賀縣大津市內。勢多：又作勢田、瀨田。在琵琶湖南端。「瀨田西照」為近江八景之一。「瀨田唐橋」為名歌枕。唐崎：又作辛崎，在大津市北部琵琶湖岸。「唐崎夜雨」亦為近江八景之一。

12 三上山：在今滋賀縣野洲町，有近江富士之稱。

13 比叡山：原文作日枝山，在京都市東北，又稱天台山。延曆寺為日本天台宗總本山。

山靜
而養
性水
動以
慰情
四方飛
來落
花紛紛
飄入
琵琶
湖上

14 比良山：在琵琶湖西岸，比叡山北。「比良暮雪」為近江八景之一。

15 長柄：或作長良、長等。三井寺（園城寺）後之山。春季賞櫻勝地。

16 鏡山：在三上山之東。歌枕。中秋賞月勝地。

17 心匠：有創意之構思與作法。白居易〈大巧若拙賦〉：「將務乎心匠之忖度，不在乎手澤之翦拂。」又〈畫鵰贊〉：「想入心匠，寫從筆精。」李格非《洛陽名園記・負富鄭公園》：「亭臺花木，皆出其目營心匠，故逶迤衡直，闓爽深密，皆曲有奧思。」

18 原文：「四方（しはう）より 花吹入（はなふきいれ）て にほの波（なみ）」。下五原作「鳰之海」。鳰：漢名鷿鷈，又名鷿鵜、鷿鷉。參〈幻住庵記〉，注13，頁八八。琵琶湖又稱鳰海。

幻住庵記[1]

石山深處，岩間後有山，曰國分山[2]。蓋襲其昔日國分寺[3]之名也。渡山麓細流，登翠微，曲徑三彎，約二百步，至八幡宮[4]。主神乃阿彌陀尊像云。唯一神道[5]之家固甚忌之，而能和兩部之光，同利益之塵[6]，亦足可貴。平時無參拜之人，莊嚴肅靜。旁有荒廢草庵。蓬蒿叢生，篠竹蔽軒；屋漏壁剝，而狐狸得其棲所[7]。名幻住庵。庵主僧某某乃武士菅沼氏曲水子之伯父[8]，於今作古已八年矣，僅留幻

1 元祿三年（一六九〇）四月六日至七月二十三日住在國分山幻住庵。當在七月前後開始或已完成初稿，其後改稿超過七八次。今所傳稿本數種。本譯據《猿蓑》（七部集之五）所收定稿。

2 石山：在今滋賀縣大津市，賞月勝地。「石山秋月」為近江八景之一。有石山寺，真言宗，觀世音信仰靈地。「西國巡禮三十三所」十三番札所（掛褡處）。岩間：山名，同在今大津市。有岩間山正法寺，簡稱岩間寺，為西國三十三所第十二所。國分山：在今大津市石山國分町，石山西北，岩間山東北，有國分寺遺址。

3 國分寺：聖武天皇（在位七二四—七四九）為祈願國泰民安，敕命諸國建立寺廟，稱國分寺。而以奈良東大寺為總國分寺，掌管全國寺務與僧尼。

4 八幡宮：主祀第十五代應神天皇（在位二七〇—三一〇）、兼祀神功皇后、比賣神。宇佐八幡宮為本社，後來

住老人之名而已。

予離市廛，亦已十載，以年近五十之身[9]，蓑蟲失其蓑，蝸牛離其殼[10]。臉焦於奧羽象潟之烈日，步艱於沙丘起伏之險灘，腳傷於北海磽磳之危岸[11]。今歲漂至湖水波上[12]。彼鷺鷉浮巢，流至一簇蘆葦，而欣然暫泊其陰[13]；予乃重葺茅茨屋簷，結綴垣籬。卯月[14]之初，原以為暫時入山之計，而今則竟有永不出此山之念矣。

春日已去而不遠，餘韻依然：躑躅未謝，山藤懸松；時有杜鵑飛過，更有松鴉攜來福音[15]。即啄木鳥來啄，亦不以為嫌[16]。於是一時

分祀全國各地，而以石清水八幡最為著名。依神佛混合觀點或本地垂跡說法，又稱八幡大菩薩。其地位僅次於伊勢大神宮，為日本皇室第二宗廟，亦為源氏氏神。

5 唯一神道：又稱吉田神道或卜部神道。日本神道之一派系。在明治元年（一八六八）頒布「神佛分離」政策之前，日本神道一直是神佛混合為一，故在神社亦誦經修佛，通稱兩部神道。唯一神道則堅持排佛棄儒，唯一信仰純粹傳統之日本神道。

6 兩部：指兩部神道，即接收佛教教義、兼修佛典之神道。《老子》：「挫其銳，解其紛，和其光，同其塵。」謂含斂光芒，混同於塵世也。「和兩部之光，同利益之塵」：蓋謂佛教與神道為救濟眾生，必能各自收斂威光，同心協力，為塵世布施利益功德也。

7 慶滋保胤（九三四？—九九七）〈池亭記〉：「荊棘鏁門，狐狸安穴。」

8 庵主：菅沼修理定知，法名幻住宗仁居士，年六十餘歿。其弟菅沼定澄有子菅沼外記定常，俳號曲水，後改號曲翠。膳所藩士。芭蕉門人。為人耿直剛烈，嫉惡如仇。發現藩之家老有不正，憤而殺之，而自己則切腹而死。

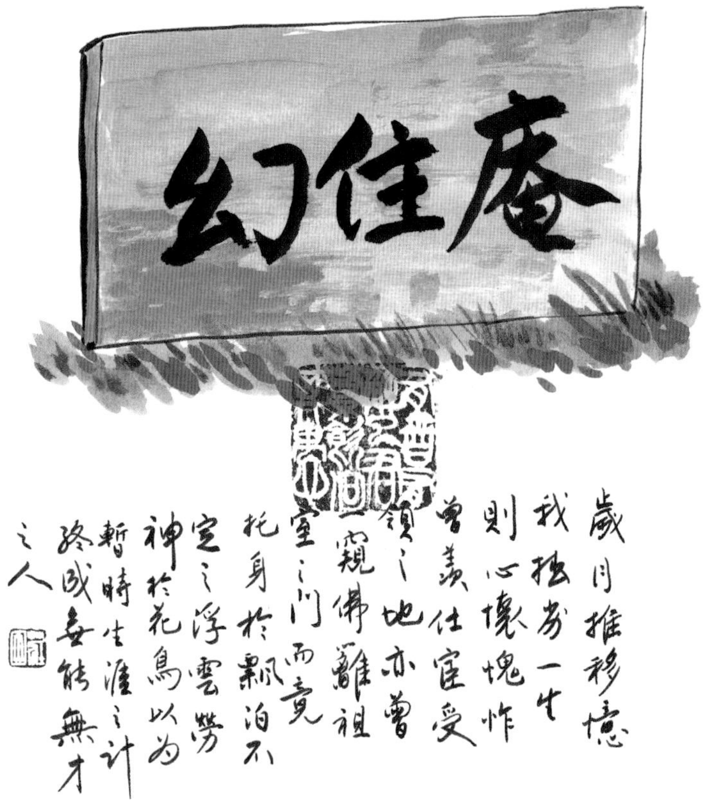
幻住庵
歲月推移憶
我拙劣一生
則心懷愧怍
曾羨仕宦受
領之地亦曾
一窺佛籬祖
室之門而竟
托身於飄泊不
定之浮雲勞
神於花鳥以為
暫時生涯之計
終成無能無才
之人

興會騰湧，魂馳吳楚東南，身立瀟湘洞庭[17]。群嶺聳於西南，不近不遠處有人家。南薰[18]沿山坡而落，北風浸海水而涼。自比叡、比良高嶺至辛崎之松[19]，雲霞籠罩。有城，有橋[20]，有垂釣之舟。有樵夫來往笠取山[21]之聲，有山麓水田拔秧之歌。薄暮，空中螢火交飛、水雞[22]咯咯聒噪。說美景，無一不備。中有三上山，形似士峰，因憶武藏野之舊居[23]。望田上山而思古人[24]。有笹生岳、千丈峰、袴腰山[25]。黑津里林木茂密黝藹，有萬葉集所詠網代守之貌[26]。若猶欲眺望而無礙，則可登後山；結松枝為

---

9 芭蕉於十年前，三十七歲，即延保八年（一六八〇），離開江戶市區，移居深川芭蕉庵。〈幻住庵記〉起稿時四十七歲。

10 芭蕉於元祿二年（一六八九）晚春「奧之細道」之旅前，出讓芭蕉庵於某相識。蓑蟲、蝸二句，蓋喻已失其住處，無家可歸矣。

11 奧羽：陸奧國與出羽國合稱。象潟：在出羽國，今秋田縣由利郡象潟町，古來奧羽海邊名勝之地。歌枕。北海：泛指北陸道沿海諸國。此三句總括「奧之細道」旅程之艱難險阻與辛苦。

12 湖水波上：琵琶湖邊。

13 鷿鷉：原文「鳰」（日本國字）。水鳥名，野鳧之類。似鴨而小，拙於飛行，善於潛水，捕食魚類。以水草築巢水上，雌雄交替孵卵。一簇蘆葦：喻幻住庵。

14 卯月：陰曆四月雅稱。

15 松鴉：原文「宿かし鳥（宿貸鳥）」，意謂借宿之鳥。又有燕子、黃鶯或橿鳥三說。此句蓋謂松鴉攜來可以借宿幻住庵之好消息。

16 即使有啄木鳥來啄草庵，亦不以為嫌而惡之也。據傳，昔

棚，鋪以圓草墊，謂之猴凳。然而予既不築巢於海棠樹，亦不結庵於主簿峰：並非王翁、徐佺之徒[27]。但願為一睡癖山民，得伸腿於孱顏[28]之上，坐空山而捫蝨耳[29]。偶爾興致來時，則汲谷中清水以自炊。淙淙清水，慕其清冷寂靜；備一爐已足，頗感輕便。而昔日棲止此庵之人，高情遠致，一無矯飾之物。唯有佛堂一間，並設寢具等物存放之處，聊備一格而已。

其間，適值加茂甲斐某之子筑紫高良山僧正上洛[30]，乃託人代乞題匾。竟承慨諾，揮毫書幻住庵三字送來。即成草庵之紀念。自來或

聖德太子時，大臣物部守屋（？—五八七）虔信古傳神道，與虔信外來佛教之蘇我馬子（？—六二六）不和，至動干戈。守屋敗北被殺，冤靈化為惡鳥，啄破寺廟，因名寺啄鳥或啄木鳥。太子化為大鷹而驅散之。

17 杜甫〈登岳陽樓〉「昔聞洞庭水，今上岳陽樓。吳楚東南坼，乾坤日夜浮。」黃庭堅〈題鄭防畫夾〉：「惠崇煙雨歸雁，坐我瀟湘洞庭。欲喚扁舟歸去，故人言是丹青。」

18 南薰：自南吹來之和風。白居易〈首夏南池獨酌〉：「薰風自南至，吹我池上林。」蘇軾〈足柳公權聯句〉：「人皆苦炎熱，我愛夏日長。薰風自南來，殿閣生微涼。」

19 比叡山：在今京都府與滋賀縣境，有延曆寺，為日本天台宗總本山。比良山：在琵琶湖西岸滋賀郡志賀町。「比良暮雪」為近江八景之一。辛崎：或作唐崎，在滋賀縣大津市內，有辛崎一株松，歌枕。「唐崎夜雨」亦為近江八景之一。

20 有本多藩主之膳所城，有瀨田川上之唐橋。

21 笠取山：在今京都府宇治市。歌枕。紅葉勝地。

22 水雞：又名秧雞。陸棲水邊小鳥，啼聲如敲門之聲。

23 三上山：在滋賀縣野洲郡，形如覆缽，一名近江富士。士

居山中，或在旅次，無所謂必備之器物。唯有木曾檜笠、越菅蓑[31]，掛在枕邊柱上。晝則偶有稀客惠臨而心蕩，或有看守神宮之老翁，亦有村里男人闖門而入，大談農事，諸如山豬亂吃稻秧、野兔踐踏豆園之類，皆予前所未聞。日薄山巔，夜坐則靜待月出以伴身影[32]；掌燈則凝眸罔兩而辯是非[33]。

雖說如此，並非獨愛閑寂，而欲隱身於山野中也。身負微恙，彷彿厭世之人。歲月推移，憶我拙劣一生，則心懷愧怍。曾羨仕宦受領之地[34]，亦曾一窺佛籬祖室之門[35]；而竟托身於飄泊不定之浮雲，勞神

峰即富士山。在幻住庵仰望三上山而聯想富士山，而回憶深川隅田川畔之故居芭蕉庵也。

24 田上山：在瀨田川東岸，今稱太神山。有古人如猿丸太夫墓，紀貫之、大伴黑主、藤原俊賴等人之寺社古蹟。

25 笹生岳：又名小竹生岳或笹間岳，在幻住庵東。千丈峰：一名千頭岳，在幻住庵西南。袴腰山：在幻住庵南。

26 黑津里：在幻住庵西南，今大津市田上黑津町。網代守：網代為日本漢詞，即代替魚網捕魚之魚梁，看守魚梁者謂網代守。按：《萬葉集》並無網代守之歌。唯在《近江國輿地志略》引有當地古歌云：「田上黑津莊，有個瘦硬郎，自名魚梁手，又黑又剛強（田の上や 黒津の莊の痩男 網代守るとて 色の黒さよ）。」

27 王翁、徐佺：古代隱者。黃庭堅〈題灊峰閣〉：「徐老海棠巢上，王翁主簿峰庵。」據傳：徐佺樂道，隱藥肆中，家植海棠，結巢其上，時與客飲其間。王道人參禪四方，歸而結屋於主簿峰上。

28 山民：同山人，隱居山中者。在中國古代傳說中，頗有睡癖隱者或文人，通稱睡仙。如夏侯隱「每登山渡水，閉目美睡。同行聞其鼾聲，而行不磋跌。」（沈汾《續仙傳》）

於花鳥，以為暫時生涯之計，終成無能無才之人，而祇顧寄情於唯此一途[36]。樂天云：詩役五藏神，而老杜為之消瘦也[37]。人雖有賢愚文質之別，而何處非虛幻之棲乎？惟恍惟惚，臥而入夢。

姑且相依
幸有椎樹蔭涼
夏日林中[38]

或陳搏（希夷）「居華山雲臺觀，每閉門獨臥，或旬月不起。」（《唐才子傳》）孱顏：山高峻貌。孱與巉通，山額曰顏。李華〈含元殿賦〉：「崢嶸孱顏，下視南山。」蘇軾〈峽山寺詩〉：「我行無遲速，攝衣步孱顏。」

29 捫蝨：葉夢德《石林詩話》卷上，記王荊公（安石）「作詩，得『青山捫蝨坐，黃鳥挾書眠』，自謂不減杜語，以為得意。」

30 高良山僧正：筑紫（九州）高良山御井寺第五十世座主寂源一如僧正（一六九五年寂），書道大家。賀茂神官甲斐守藤木敦直次男。洛：京都之漢稱。

31 木曾檜笠：木曾（長野縣西南部）所產檜木薄片所編斗笠。越菅蓑：越州（北陸道）所產菅草所織蓑衣。

32 夜坐：禪門之後夜（黃昏至子夜）坐禪。王維〈過感化寺曇興上人山院〉：「野花叢發好，穀鳥一聲幽。夜坐空林寂，松風直似秋。」

33 罔兩：人身影子周圍之微陰淡影。是非：喻光影、日夜、行止、善惡、然不然、等等對立概念，莊子所排斥。《莊子・齊物論》：「罔兩問景（影）曰：『曩子行，今子止；曩子坐，今子起，何其無特操與？』景曰：『吾有待而然者邪？吾所待又有待而然者邪？吾待蛇蚹蜩翼邪？惡識所以然，惡識所以不然』。」又《莊子・寓言》：「眾罔兩問於景曰：『若向也俯而今也仰，向也括而今也被髮，向也坐而今也起，向也行而今也止，何也？』景曰：『搜搜也，奚稍問也？予有而不知其所以。予蜩甲也，蛇蛻也，似之而非也。火與日，吾屯也；陰與夜，吾代也。彼，吾所以有待也，而況乎以有待者乎？彼來則我與之來，彼往則我與之往；彼強陽則我與之強陽，強陽者又何以有問乎？』」

34 芭蕉年輕時（十九歲至二十三歲），曾出仕伊賀武士大將藤堂家。受領之地：藩國或莊園之封地，在此喻仕宦俸祿。

35 佛籬祖室：泛指佛教。佛籬即佛門，祖指禪宗達摩祖師。芭蕉三十七歲時，曾拜鹿島根本寺佛頂和尚為參禪之師。

36 唯此一途：指俳諧風雅之道。

37 白居易〈思舊〉：「詩役五臟神，酒汩三丹田。……且盡杯中物，其餘付青天。」李白〈戲贈杜甫〉：「飯顆山頭逢杜甫，頭戴笠子日卓午。借問別來太瘦生，總為從前作詩苦。」

38 原文：「先(まづ)たのむ 椎(しひ)の木(き)も有(あり) 夏木立(なつこだち)。」按：和歌中偶有詠椎樹之歌，往往與隱者有緣。椎，木名，似栗而小，秋結圓錐形苞果，可食。此句蓋謂在夏日林中，幸有椎樹蔭涼，可以寄託漂泊無常之身而暫得安息也。

烏賦[1]

烏有大小而名殊。小者曰烏鵲，大者曰烏鴉[2]。烏鵲能反哺而孝，有烏中曾子之譽[3]。或告人家以有行客來[4]；展翅搭橋天河以媒二星[5]。或除夕築巢，知來春風勢而改之[6]。雪曙啼寒，夕照歸巢；詩歌才人感其情趣。亦有筆之於畫者，人愛其姿。唯在貪猾[7]者之間而言，烏之德甚大。然而欲數汝之罪，則其德既小而害又大矣。其中，尤以大嘴烏鴉，性佞而強悍；不屑鷲翅之猛，無畏鷹爪之利。

1 據元祿三年（一六九〇）九月十三日芭蕉致加生（凡兆）信，此文原為凡兆之作，芭蕉大事修改潤飾而成己作。今年芭蕉四十七歲。

2 烏鵲：又名慈烏、喜鵲。李時珍《本草綱目・慈烏》：「烏有四種：小而純黑，小嘴反哺者，慈烏也；似慈烏而大嘴，腹下白，不反哺者，烏鴉也。」又「（烏鵲）初生，母哺六十日；長則反哺六十日，可謂慈孝矣。」烏鴉：《本草綱目・烏鴉》：「烏鴉大嘴而性貪鷙。好鳴，善避繒繳。」《大和本草》：「本邦有慈烏、烏鴉。慈烏，小者也。烏鴉曰觜太，嘴大而性貪，大於烏。」

3 白居易〈慈烏夜啼〉：「慈烏失其母，啞啞吐哀音。……聲中如告訴，未盡反哺心。……慈烏復慈烏，烏中之曾參。」按：曾參即孔子弟子曾子。以孝名，傳為《孝經》之作者。

4 《萬葉集・東歌》卷十四：「烏とふ 大をそ鳥の まさで

肉無有鴻雁之味[8]，聲不似黃鶯之吟。啼時人懷不祥之氣，必有凶事而招致不幸。在村里則摧殘栗柿梢頭，在田野則毀壞田園作物。寧不知糧食來之不易耶[9]？或攫取雀卵，捕食池蛙；佇候死人之屍，搶啄牛馬之腸。相傳竟為捉烏賊而喪命[10]，仿效鸕鶿而溺斃[11]。此皆汝以貪婪為務，而不責之以智之誤也。蓋汝之心縱恣無度，墨染其形，在人謂之賣僧[12]。僧侶憎之，俗人亦甚惡之。噫，汝其好自為之。但祈免得罪於三足金烏，而成為后羿射箭之的[13]，則幸甚矣。

にも 來まさぬ君を ころくとぞ鳴く（烏鵲來相告，性急大鳥到。正在路上飛，來啦來啦叫）。」

5 二星：織女星與牽牛星。每年七夕，喜鵲在天河上並翅成橋，使織女、牽牛二星渡橋相會。

6 《本草綱目・鵲》：「季冬始巢，開戶背太歲向太乙，知來歲風多，巢必卑下。故曰乾鵲知來。」

7 貪猾：貪婪狡猾。此句蓋謂：就貪婪者間之立場或觀點而言也。

8 據云：鴻肉雁肉之味甚美。

9 李紳（七七二—八四五）〈憫農〉：「鋤禾日當午，汗滴禾下土。誰知盤中餐，粒粒皆辛苦。」

10 烏賊：即墨魚。《南越志》：「其性嗜烏，每自浮水上，飛烏見之，以為死，便啄之，乃捲取烏，故謂之烏賊魚。」

11 鸕鶿：原文鵜，詳〈十八樓記〉，注6，頁六〇。日諺云：「鵜のまねをする烏 水に溺れる（仿鵜之烏，溺於水）。」

12 賣僧：日造漢詞。指靠佛吃飯或經商僧侶，為罵和尚之詞，類漢語禿驢。又以喻撒謊者。

13 三足金烏：或名金烏、赤烏，三足，日之精，居日中。故又為太陽之異稱。王充《論衡・說日》：「日中有三足烏。」王逸《楚辭章句》引述《淮南子・本經訓》注〈天問〉「羿焉畢日，烏焉解羽」句云：「堯時十日並出，草木焦枯。堯命羿射十日，中其九日，日中九烏皆死，墮其羽翼，故留其一日也。」按：此二句原文語意模稜兩可。依所引有關典故，或可解作：勿成三足金烏而為羿所射殺。

落柿舍記[1]

京洛某某去來[2]之別墅，在下嵯峨[3]竹林中，嵐山[4]之麓，近大堰川[5]流水。此地有閑寂之趣，可澄心之地也。彼去來之為人，一懶漢耳。窗前雜草叢生，數株柿木杈杈，展伸屋頂。梅雨則處處滴漏，草席障子[6]發霉，欲臥亦甚不自由。屋外蔭涼[7]反成主人待客之處。

五月梅雨
屋漏壁紙剝落
點點斑斑[8]

1 元祿四年（一六九一），芭蕉四十八歲。當年四月十八日至五月五日，芭蕉寄寓落柿舍。此文應是當時或稍後之作。參〈嵯峨日記〉。

2 京洛：原文洛，洛陽之略，古代日本用以稱京都。某某去來：指向井兼時，俳號去來，芭蕉弟子。詳〈伊勢紀行跋〉，注4，頁三九。

3 下嵯峨：今京都市右京區嵯峨南部。

4 嵐山：今京都西京區，大堰川西岸之山。賞櫻與紅葉勝地。

5 大堰川：流經嵐山，其上游為保津川，下游為桂川。

6 草席障子：指日本房屋內之榻榻米與隔間之紙拉門。

7 蓋謂樹下之蔭涼勝於殘破之屋內，可以待客也。

8 原文：「五月雨（さみだれ）や 色紙（しきし）へぎたる 壁（かべ）の跡（あと）。」

落柿舍
此地有閑寂之趣可澄心之地也彼去來ゝ為人一懶漢耳

既望賦[1]

望月餘興未已，二三子相邀，泛舟於堅田之浦[2]。當日申時[3]，至某某茂兵衛成秀[4]家後院。人人大聲呼曰：「醉翁狂客[5]乘月來也。」主人出乎意表，又驚又喜，捲簾掃塵以迎之，曰：「園中有芋，有豇豆。鯉魚、鯽魚則已用罄矣，未免掃興耳。」於是鋪席設宴於岸邊。少焉月出，照耀湖上。嘗聞仲秋望日，明月升自浮御堂[6]對面之山，即為鏡山[7]。今宵離其處應猶不遠，乃登堂上，倚欄杆，見

1 作於元祿四年（一六九一）八月十六日。芭蕉四十八歲。時寄寓膳所義仲寺無名庵。或題〈堅田十六夜之辯〉。望月指仲秋之月。既望指翌日十六夜。蘇軾〈前赤壁賦〉：「壬戌之秋，七月既望。」此文顯然有蹈襲〈前、後赤壁賦〉之跡。

2 堅田之浦：在琵琶湖西岸。今滋賀縣大津市堅田衣川町。「堅田落雁」為近江八景之一。

3 申時：古時以下午三點至五點為申時。

4 成秀：竹內氏，堅田俳人。芭蕉門徒。

5 醉翁：典出歐陽修〈醉翁亭記〉：「與客來飲於此，飲少輒醉，而年又最高，故自號曰醉翁也。醉翁之意不在酒，在乎山水之間也。」狂客：狂放風雅之士、騷人墨客。

6 浮御堂：海門山滿月寺通稱，惠心僧都所創，架於湖中，安置千體佛。

7 鏡山：在今滋賀縣蒲生郡，三上山之東。歌枕。據云：每

三上山與水莖岡，一南一北，其間連峰綿延，小山疊巒。既而，月上三竿[8]，隱入黑雲中，不辨何者為鏡山矣。主人吟曰：「時時雲蔽月」[9]，而其待客之心，逾益懇切。有頃，月出雲外，金風銀波[10]，映千體佛光[11]。因憶京極黃門[12]吟「仰望月西傾」之嘆[13]，以彼十六夜空譬此人世，藉以感悟無常之觀。因道：「唯因來遊此堂，又憶惠心僧都淚濕衣袖之事。」[14]主人答曰：「乘興而來，興盡而歸。」[15]乃返岸上，舉杯更酌，不知月傾橫川[16]矣。

月十五，滿月升自山巔，則如鏡臺上之鏡，故名。已見〈灑落堂記〉。在今滋賀縣野洲町，狀如富士山，故有近江富士之稱。

8 套用「日上三竿」，改日為月。陸游〈病退〉：「美睡三竿日，安禪半篆香。」

9 西行：「なかなかに 時々雲に 掛かるこそ 月をもてなす限りなりけれ（時時雲蔽月，反而更可悅，如此賞月華，情趣最歡愜）。」（《山家集》）

10 金風：秋風。秋屬金，故稱金風。銀波：水上月光。

11 浮御堂供千體佛。謂在秋風中，千體佛映其光於粼粼水波上也。

12 京極黃門：即藤原定家（一一六二—一二四一），鎌倉時代前期歌人、歌學者。官至中納言。黃門為中納言之唐名。晚年住京都京極大路，故稱京極黃門。

13 藤原定家：「あけばまた 秋のなかばも 過ぎぬべし かたぶく月の 惜しきのみかは（昨夜變今宵，秋已過其半。仰望月西傾，惆悵時節換）。」（《新敕撰和歌集・秋下》）

14 惠心：天台宗高僧，僧都：僧官職稱，僅次於僧正。惠心

請開門鎖
且讓月光進來
浮御堂中[17]
從容出來
十六夜月明亮
又隱雲中[18]

以和歌為狂言綺語而未嘗吟之，但自比叡山遙望琵琶湖上行舟，忽憶沙彌滿誓之歌而頓悟無常人世。滿誓之歌：「世の中を 何に譬へん 朝ぼらけ 漕ぎ行く船の 跡の白波（何以譬人世，曉望琵琶湖，漕船划過後，白浪起又無）。」（《拾遺和歌集》）此歌最早見於《萬葉集》，稍有異文。

15 典出《世說新語・任誕》：王子猷夜訪戴安道，「經宿方至，造門不前而返。人問其故，王曰：『吾本乘興而來，興盡而返，何必見戴？』」

16 橫川：橫川谷，在比叡山深處，僧心曾住於此。

17 原文：「鎖明て月さし入れよ 浮御堂。」

18 原文：「やすやすと 出ていざよふ 月の雲。」

成秀庭松贊[1]

有松，高九尺許。下枝橫出者丈餘，上枝層層重疊，其葉茂密[2]，森森葱葱。呼風而操琴[3]，喚雨以興浪[4]。似箏[5]、似笛、似鼓，波瀾起而天籟[6]和之。如今有愛牡丹者，蒐奇種以傲人；蒔菊花者，笑小朵而爭妍。柿木柑橘之類，視其果實而不問枝葉之形。唯獨松樹，凌霜而彌秀[7]；四時常青，且每季別有風采。樂天曰：「松能吐舊氣，故可經千歲。」[8]既可慰主人之心而悅其目，亦可感

1 元祿四年（一六九一）八月十六日，書之以贈堅田之竹內茂兵衛成秀者。成秀：俳人，芭蕉弟子，即〈既望賦〉之「某某茂兵衛成秀」，頁九九。

2 森森：樹木茂盛貌。陸機〈文賦〉：「播芳蕤之馥馥，發青條之森森。」杜甫〈蜀相〉：「丞相祠堂何處尋，錦官城外柏森森。」

3 李白〈答金門蘇秀才〉：「月出石鏡間，松鳴風琴裡。」

4 白居易〈秋霖急即事聯句三十韻〉：「苔色侵三徑，波聲想五絃。」（王起）

5 箏：十三絃琴。

6 天籟：天然之聲。在此指似箏似笛似鼓之聲，而與波瀾之聲相合奏也。

7 《論語・子罕》：「歲寒，然後知松柏之後凋也。」《莊子・德充符》：「受命於地，唯松柏獨也在，松柏冬夏青。」《世說新語・言語》：「松柏之質，經霜彌茂。」

有松高九尺許下
枝橫出者丈餘之枝層層
重疊且其葉茂密森森
葱葱呼風而操琴喚雨
以興浪似箏似笛似鼓
波瀾起而天籟和之既
可慰主人之心而悅其目
亦可感知養生之延壽
之氣可謂與松互有長
壽之約矣

知養生延壽之氣，可謂與松互有長壽之約矣。

元祿四年仲秋日[9]　芭蕉

源順（九一一—九八三）：「十八公榮霜後露，一千年色雪中深。」（《和漢朗詠集・松》引）按：松字可拆成「十八公」三字。

8　兩句似非白居易之所作，出處不詳。《莊子・刻意》：「吹呴呼吸，吐故納新，熊經鳥申，為壽而已矣。」

9　一六九一年陰曆八月。

忘梅序[1]

和歌自定家、西行而變其風[2]；連歌定於應安新式[3]。俳諧將及百年，而其盛行則不過十餘年耳[4]。然則，欲指誰某為古人、欲求何者為古風，闕如也[5]。茲有江左氏尚白者[6]，入吾師芭蕉之門，薰風浸其肌膚，涓滴染其心骨，終至探幽而入神[7]。然並不以俳諧為業。蓋承其父祖之道，拾杏實，培藥欄，功可醫國矣[8]。唯心猶不堪泉石煙霞之癖[9]，以致舌爛嘴曲，竟成黑痣而結腫瘤[10]。〔俳諧〕之能治風

1 據元祿四年九月廿八日芭蕉致千那書，提及自己代千那改寫〈忘梅序〉之事。序末之「元祿五年孟春」當為預定刊印日期。其實《忘梅》集並未如期出版，直至八十六年之後，纔由蝶夢加以刊行。

2 藤原定家（一一六二—一二四一）：鎌倉前期歌人、歌學者。《新古今和歌集》、《新敕撰和歌集》撰者之一。承其父俊成之「幽玄」說，進而提倡「有心」體，為代表一代之歌人。西行：平安末期歌僧。已見〈虛栗跋〉，注6，頁二五。

3 《應安新式》（一三七二）：又稱《連歌新式》，二條良基編，奠定連歌式目（作法）之基礎。

4 自室町末期山崎宗鑑倡導俳諧以來，約兩百年；自江戶初期松永貞德成立貞門俳諧以來，將近百年。自芭蕉遷入深川芭蕉庵以來，已十年有餘。

5 謂尚無古人俳諧典範可以追隨也。

月之病，可比子美之良藥[11]。今年，尚白又編撰一集，因辛崎孤松之緣，以忘梅題之[12]。彼湘臣在汨羅河邊吟花而忘梅[13]；今則在湖南岸上有詠梅之句[14]，遠播暗香於武藏野之境[15]。其角某某[16]寄來一句：

忘梅句集
豈非故舊難忘
送來消息[17]

誠有故舊久疏後重獲音問之樂[18]，其能見人情誼之難忘，無有勝於此集者。

元祿五年孟春日　千那[19]

---

6 江左尚白：大津人，世代業醫。貞享二年（一六八五）謁芭蕉，與千那同時入蕉門。所編撰有《孤松》、《忘梅》、《夏衣》等。享保七年（一七二二）歿，享年七十三。

7 薰風、涓滴（原文雫）：喻芭蕉俳諧之至言旨趣。三句謂：尚白深得蕉風之旨，而能探其幽遠神妙之境也。

8 杏實：即杏仁、杏核。有甜苦二種，可食亦可藥用（杏林為醫者之美稱）。藥欄：指藥草園。拾杏實、培藥欄，謂勤於醫業，而其醫術之高可治國之病也。《國語・晉語》八：「上醫醫國，其次醫人。」

9 深愛自然、流連山水之習，可比固疾。《新唐書・田遊巖傳》：「臣所謂泉石膏肓，煙霞固疾者。」泉石指山水，膏肓指藥力所不及處，無藥可救也。

10 一說尚白頭部左邊上有痣如瘤，故作者開此玩笑云。結腫瘤：喻染上俳諧風雅之疾也。

11 子美：原文美子，當是子美之誤，即杜甫，字子美。一生多病，藥不離身。〈江村〉詩：「多病所需唯藥物，微軀此外更何求。」又〈賓至〉：「不嫌野外無供給，乘興還來看藥欄。」蓋謂俳諧可比杜詩之為良藥，能治煙霞固疾歟？

12 辛崎：又作唐崎，琵琶湖南岸名勝，「唐崎夜雨」為近江八景之一。尚白去年（一六八七）編有一集，因辛崎有名之「一株松」而題為《孤松》。今則以松梅之緣（歲寒三友松竹梅之中缺梅）而題為《忘梅》。

13 湘臣：指屈原，號靈均，戰國時代楚國之臣，或稱三閭大夫。遭讒，放逐江南，懷石自沉汨羅江而死。著有〈離騷〉、〈九章〉、〈九歌〉、〈天問〉等篇，為楚辭體創始者。句謂：屈原善寫香草奇花，以引類取譬。唯獨未見梅花，今乃有尚白之俳諧《忘梅》集，可補其闕。

14 湖南：指琵琶湖南岸。《忘梅》集之首句即置詠梅之句。

15 武藏野：指江戶地區。暗香特指梅花之香。林逋〈山園小梅〉：「疏影橫斜水清淺，暗香浮動月黃昏。」王安石〈梅花〉：「牆角數枝梅，凌寒獨自開。遙知不是雪，為有暗香來。」

16 榎本其角（一六六一—一七〇七）：別號晉子，蕉門十哲之一。詳〈伊勢紀行跋〉，注3，頁三九。

17 原文：「わすれ梅（うめ） 忘（わす）れぬ人（ひと）の 便（たよ）り哉（かな）。」

18 西行無題歌：「尋め来かし 梅盛りなる 我が宿を うと

きも人は 折りにこそよれ（請來相探問，舍下梅盛開，故舊疏遠久，何妨偶往來）。」（《新古今和歌集・春上》）

19 千那：琵琶湖畔僧侶，貞享二年（一六八五）與尚白同時入蕉門。據說，芭蕉代作序後，兩人開始疏遠。

移芭蕉詞[1]

菊榮於東籬[2]，竹為北窗之君[3]。牡丹有紅白之是非，而受俗世之譏[4]。荷葉不生於平地，水不清則不花[5]。不知何年，移居此地時[6]，植芭蕉一株。風土頗合芭蕉之心，延生數莖，其葉茂盛而掩庭院，幾幾乎遮蔽草庵之簷矣。人人呼之以為草庵之名。舊友門人皆甚愛之，便剖芽分根，處處送人，年年如此。某年，立意陸奧行腳[7]，想芭蕉庵即遭棄置，乃移其株而植諸籬外，並再三懇託鄰居，代為防

1 元祿五年（一六九二）八月作。傳有三種稿本，在此所譯者最為通行。時芭蕉四十九歲。此芭蕉庵為第三次所重建者。第一次與第二次芭蕉庵均毀於火。

2 陶淵明〈飲酒詩〉：「采菊東籬下，悠然見南山。」

3 《世說新語・任誕》：「王子猷嘗寄人空宅住，便令種竹。或問：『暫住何煩爾？』王嘯詠良久，直指竹曰：『何可一日無此君？』」王徽之，字子猷，東晉名士，王羲之第五子。按：北窗典出陶淵明〈與子儼等疏〉：「常言五六月中，北窗下臥，遇涼風暫至，自謂是羲皇上人。」此北窗意象，歷代文人時有用之於詩文者。芭蕉用此以對東籬，陶淵明有詩：「采菊東籬下，悠然見南山。」（〈飲酒〉之五）

4 牡丹有紅白等色，士人往往據之以評其孰優孰劣。

5 周敦頤（一〇一七—一〇七三）〈愛蓮說〉：「自李唐以來，世人甚愛牡丹，予獨愛蓮之生於污泥而不染，濯清漣

風備霜；且弄無常之筆，書之以遺離情。每憶古人詠「松將變孤松」之歌[8]，輒不勝遠懷，而客愁為之鬱結：友人惜別、芭蕉難忘。無限孤寂之中，瞬已五渡春秋矣[9]，而竟又對芭蕉落淚。今年五月中旬，橘花依然浮其幽香[10]，友情猶如往昔未變。欲離此地而不忍，乃於舊庵附近築一草屋，有三間房，頗合我意。刨杉木為柱以清淨，編竹枝成門而安詳，且圍之以蘆葦籬笆，朝南而臨池塘，彷彿水上樓閣。草庵之地遙對富士，柴門斜設以免遮其景[11]。三股分流處[12]，洶湧如浙江潮，頗便賞月，故自新月升起之

而不妖。中通外直，不蔓不枝；香遠益清，亭亭淨植，可遠觀而不可褻玩焉。」

6 延寶八年（一六八〇）冬，芭蕉自市區移居深川區草庵，名泊船堂，後因所種芭蕉茂盛而改稱芭蕉庵，為第一次芭蕉庵。

7 指元祿二年（一六八九）「奧之細道」之旅，即「奧羽北陸行腳」，始於三月底，歷時約五月。

8 西行〈見庵前松樹〉：「ここをまた 我が住み憂くて 浮かれなば 松はひとりに ならんとすらん（住此又生厭，浪跡寸心中，若我浮生去，松將變孤松）。」（《山家集》）

9 五渡春秋：芭蕉於元祿二年（一六八九）春出讓舊芭蕉庵，四年冬歸江戶，故實為三渡春秋。

10 《古今和歌集・下夏》：「五月待つ 花橘の 香をかげば 昔の人の 袖の香ぞする（待到夏五月，橘花散芬芳，緬懷昔日友，似聞其袖香）。」

11 杜甫〈野老〉：「野老籬邊江岸回，柴門不正逐江開。」

12 三股：地名，或稱三叉。在新大橋與永代橋之間，隅田川分為二股，如Y字形，注入東京灣。

後，夜夜為仲秋是雲是雨而憂心。於是先移芭蕉至新庵，以添共賞名月[13]之趣。其葉長可七尺許，或見其鳳尾[14]半折而心疼；風破綠扇而情悲[15]。偶開其花則不耀眼。莖雖粗而不受斧斤，如彼山中不材之木[16]，其性甚可尊敬。僧懷素曾揮筆於蕉葉之上[17]，張橫渠見新葉而力修新知[18]。予二者均不取。唯願優游於芭蕉之蔭，而愛其易碎於風雨之本性耳。

13 名月：日造漢詞，以專稱八月十五仲秋之月，無論陰晴均為名月，甚至有「雨名月」之稱。

14 鳳尾：蕉葉形如鳳凰之尾，而其被風撕裂之狀則如鳳尾羽毛之分岔。

15 李義山〈如有〉：「芭蕉開綠扇，菡萏薦紅衣。」菡萏即荷花。

16 《莊子・山木篇》：「莊子行於山中，見大木，枝葉茂盛。伐木者止其旁而不取也。問其故，曰：『無所可用。』莊子曰：『此木不材得終天年。』」

17 懷素曾以蕉葉代紙練字，陸羽〈僧懷素傳〉云：「貧無紙可書，嘗於故里種芭蕉萬餘株，以〔蕉葉〕供揮灑。」

18 張載（一〇二〇—一〇七七），人稱橫渠先生，北宋理學家，有短文題〈芭蕉〉：「芭蕉心盡展新枝，新卷、新心。暗已隨頤學新心、養新德、旋隨新葉起新知。」

許六離別詞[1]

去年秋，偶爾結識；今年五月初，依依告別。臨別前，有一日來敲柴門，閑談終日。其為人也，好畫，愛風雅[2]。予嘗試問之：「何以好畫？」曰：「為風雅而好之。」「何以愛風雅？」曰：「為畫而愛之。」所學有二，其用則一。君子雖以多能為恥[3]，而能兼二能為一用，誠大可感佩。彼於繪畫則為吾師，於風雅則予教之而為弟子。然吾師之畫，精神入微，筆端奧妙。其幽遠之趣，非予之所能

1 作於元祿六年（一六九三）四月末，或題〈柴門辭〉。芭蕉五十歲。許六（一六五六—一七一五）：本名森川百仲，別號五介、五老井等。近江國彥根藩武士。天賦多能，善和歌、漢詩、俳諧、俳論。又善畫，芭蕉拜之為師。元祿五年（三十六歲）入蕉門。時芭蕉四十九歲。編著有《篇突》、《宇陀法師》、《本朝文選》、《韻塞》等書。

2 風雅：芭蕉一門，恆以風雅喻俳諧，幾成同義詞。廣義言之，亦包括詩歌書畫之類。

3 《論語・子罕》：「吾少也賤，故多能鄙事。君子多乎哉，不多也。」兼好法師《徒然草》（一三三一）一二二段：「多能為君子所恥。」

4 夏爐冬扇：喻不合時宜。語出《論衡・逢遇》：「作無益之能，納無補之說，以夏進爐，以冬奏扇。為所不欲得之事，獻所不欲聞之語，其不遇禍，幸矣。」

窺見者也。

予之風雅，如夏爐冬扇[4]，逆眾而無所用之。唯有釋阿[5]、西行[6]之歌，即若隨興所詠戲作，亦多情趣。後鳥羽上皇在其御著中，曾稱讚二人云：此等歌中既有真誠，亦且流露幽情幽趣[7]。故此，宜以此言自勉自勵，追尋風雅小道[8]，一心一意，不可迷失。南山大師論筆道云：不求古人之跡，宜求古人之所求[9]。因謂俳諧風雅亦當如斯，乃舉燈籠，送之柴門之外，依依而別。

元祿六孟夏末[10]　風羅坊芭蕉述

5　釋阿：藤原俊成（一一一四—一二〇四）之法號，平安末期、鎌倉初期歌人。倡幽玄之說，創獨自歌風。《千載和歌集》撰者。有家集《長秋詠藻》。參〈常磐屋句合跋〉，注5，頁二〇。

6　西行：平安末期歌僧。詳見〈虛栗跋〉，注6，頁二五。

7　第八十二代後鳥羽天皇（一一八〇—一二三九，在位一一八三—一一九八）所著《後鳥羽院御口傳》云：「釋阿優雅，豔而幽情之姿，頗合愚意。西行有趣，而其心中亦多哀情幽趣。……皆天生之歌人也。」

8　小道：原文細道。蓋芭蕉謙稱俳諧為雕蟲小技之類，故謂之小道，以對經國之大道也。

9　南山大師：即弘法大師空海（七七四—八三五）。南山指高野山（參〈高野登山序〉，頁五九），上有金剛峰寺，空海所創，為日本真言宗（密教）開山總道場。著有《文鏡秘府論》、《三教指歸》、《性靈集》、《密藏寶鑰》等。又善書法，為平安初期「三筆」之一。其論書道云：「書亦以擬古意為善，不以似古跡為巧。」（《性靈集》）

10　一六九三年陰曆四月下旬。

閉關說[1]

色為君子所惡[2]，佛則置之五戒之首[3]。然情之為物畢竟難捨而無奈其何，為之悲不自勝者可謂眾矣。在闇部山[4]中，臥梅花下，聞其幽香而心蕩，不能自禁而結誓連理；若無忍岡關封人之耳目[5]，不知將冒犯何等錯失耶？有迷戀於漁夫之女，淚濕白浪之枕[6]，而賣家毀身者，固不乏其例。唯較之以老年之身，為人貪欲無度，猶勞神於米穀錢財而不解人情者，雖有過而甚輕，其罪可恕也。人生七十

1 作於元祿六年（一六九三）秋。芭蕉五十歲。閉關：閉門謝客，閒居靜養。形式上與世隔絕。

2 《論語・季子》：「孔子曰：『君子有三戒。少時血氣未定，戒之在色。』」

3 五戒：佛家有五戒：不殺生、不偷盜、不邪淫、不妄語、不飲酒。色戒在五戒中排名第三，芭蕉謂之五戒之首者，蓋其己見，有意強調戒色之重要也。

4 紀貫之〈詠於闇部山〉：「梅の花 匂ふ春べは くらぶ山闇に越ゆれど しるくぞありける（梅花報春至，處處飄芬芳，雖在闇部裡，依樣聞其香）。」（《古今和歌集・春歌上》）

5 忍岡：陸奧信夫岡，又稱忍岡。歌枕。暗戀、偷戀之隱喻。關口有關守，漢名封人。喻他人耳目，人言可畏也。

6 漁夫之女：喻遊女。《和漢朗詠集・遊女》：「白波のよする渚に 世を過ぐす 海人の子なれば 宿も定めず（我

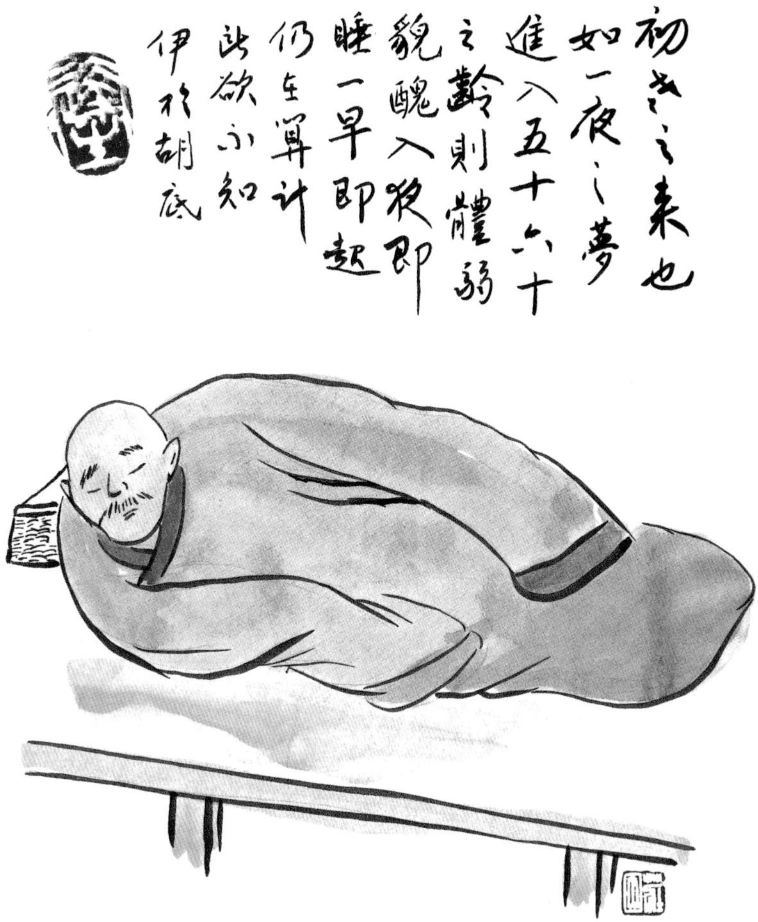
初生之來也
如一夜之夢
進入五十六十
之齡則體弱
貌醜入夜即
睡一早即起
仍在算計
此欲不知
伊於胡底

古來稀[7]，而其盛景則僅二十餘年耳。初老[8]之來也如一夜之夢。進入五十、六十之齡，則體弱貌醜，入夜即睡，一早即起，仍在算計所欲，不知伊於胡底。愚者多慮。煩惱增而擅於一藝者[9]，講究是非、爭強好勝者也。操此一藝[10]以謀生計，唯恐惹怒貪婪魔界，但願免於溺溝洫[11]而無以獲救耳。南華老仙有言[12]，破利害，忘老幼，得幽閑，斯乃老來之樂也。人來則嫌嘮叨；出門則礙人之事而不安。孫敬之閉戶[13]，杜五郎之鎖門[14]，良有以也。五十頑夫[15]自書以自戒。

是漁夫子，生息在海邊。白浪來又去，浮世定居難）。」（亦見《新古今集》）

7 杜甫〈曲江〉：「酒債尋常處處有，人生七十古來稀。」

8 初老：似為日造漢詞，古時指四十歲，今則指五十歲。

9 吉田兼好（一二八三—一三五二？）《徒然草》三十八：「才能者煩惱之增長者也。」

10 此句主詞，一般注釋皆以為芭蕉自己。一藝指俳諧文學。

11 溝洫：田間水道與溝渠。按：溝洫又喻貪婪不義。《莊子・齊物論》：「其厭也如緘，以言其老洫也。」按：二句蓋謂其心胸之阻塞如溺溝洫，以示其人之老朽敗壞，無可救藥也。

12 南華老仙：即莊子，唐天寶年間追贈「南華真人」。《莊子・齊物論》：「至人神矣，……死生無變於己，而況利害之端乎？」又：「忘年忘義，振於無竟，故寓諸無竟。」按：年指死生，義指是非。無竟者無限無止境也。

13 孫敬：《楚國先賢傳》：「孫敬，字文寶。常閉戶讀書，睡則以繩繫頭，懸之梁上。嘗入市，市人見之，皆曰：『閉戶先生來也。』辟命不至。」

14 杜五郎：沈括〈杜五郎傳〉：「潁昌陽翟縣有一杜生者，

牽牛花呀

白天纏著籬笆

柴門上鎖16

不知其名。邑人但謂之杜五郎。……杜生不出籬門，凡三十年矣。……氣韻閑曠，言詞清簡，有道之士也。」

15 芭蕉當年五十歲。

16 原文：「朝顔（あさがほ）や 晝（ひる）は鎖（くさり）おろす 門（もん）の垣（かき）。」

悼松倉嵐蘭[1]

衽金革，死而不厭[2]，士之志也。文質兼備，君子之所自豪[3]。松倉嵐蘭以義為骨，以誠為腸；魂寄老莊[4]，而優游風雅[5]於肺腑間。與予訂交十有九年矣。約莫三年前，仰慕巖洞先賢之跡[6]，乃辭官去職。唯上有老母，下有稚兒；親情所繫，有志難伸，依舊與世浮沉耳。然不囿於榮辱[7]之境，而日日與風雲為友。今年仲秋中旬之三日[8]，曳杖鎌倉，夜遊由井、金澤之濱[9]，蓋欲賞其浪濤映明月也；

1 松倉嵐蘭：武士出身。延寶二年（一六七四）二十五歲，入芭蕉門下。許六等編《風俗文選》（一七〇六）有其小傳云：「以武為業，仕板倉家。進諫後即辭官職，奉母隱居住戶淺草。」元祿六年（一六九三）卒，享年四十七。

2 二句見《中庸》。朱熹《集註》：「衽，席也。金，兵戈之屬；革，甲冑之屬。」意謂枕槍刀，披甲冑，戰死疆場亦不悔也。

3 文質：《論語・雍也》：「質勝文則野，文勝質則史，文質彬彬，然後君子。」文質兼備：在此似用以喻不偏文武，兩道兼修之意。

4 老莊：指《老子》、《莊子》之道家學說。

5 風雅：風流文雅。芭蕉及其門人常用以指俳諧，包括連句、發句之類。

6 巖洞先賢：指和漢古時不出仕，在野隱居之名士。巖洞

而在返回路上，突感不適，竟成不歸之客。時為同月廿七日夜云。先七十老母而去；遺七歲稚子於後，年未達半百之齡，不能無憾。其器識也，為主公切腹而無所悔，而竟萎絕於無常之秋風，淚霑旅次之袖，豈能不抱恨而終乎？臨終之際之悲，不言可喻；況老母之慟、家人之歎乎？知交而睦者輾轉聞之，相聚哀之，如喪至親。猶憶睦月[10]間，攜其稚兒之手，來我草庵，乞為此兒取一雅號。觀其眼似有王戎五歲之神彩[11]，故擇戎之一字而名之日嵐戎。當時見彼喜形於色，猶歷歷在目。生前不親，死後懷之，

或作巖穴。《史記・伯夷列傳》：「巖穴之士，趨舍有時。」

7 不囿於榮辱之境：謂超越世間之光榮與恥辱、富貴與貧賤、成功與失敗，毀譽褒貶之際也。

8 指陰曆八月十三日。

9 鎌倉：今鎌倉市，在神奈川縣，鎌倉幕府所在地（一一八五—一三三三）。由井濱：鎌倉市面臨相模灣之海岸。金澤：今橫濱市金澤區海灣。「瀨戶秋月」為金澤八景之一。

10 睦月：陰曆正月之雅稱。

11 《晉書・王戎傳》：「戎幼而穎悟，神彩秀徹……。裴楷見而目之曰：『戎眼燦燦，如巖下電。』」

乃人情之常；況彼與我之誼，如父如子，如手如足，相知相親，敦睦多年者乎？憶其音容，則悲不自勝，而淚濕枕畔，衣袖難乾矣。欲執筆以寄懷思，則才盡詞窮；欲閉口以表哀悼，則胸次鬱塞。無已，唯有憑几而望夕空而已[12]。

秋風起兮
斷了桑技手杖
望風悲切[13]

芭蕉

九月三日詣墓

看到了嗎
頭七新墓上面
初三新月[14]

12 杜甫〈春日憶李白〉：「渭北春天樹，江東日暮雲。」

13 原文：「秋風に 折て悲しき 桑の杖。」桑為桑年之略，桑又作桒，分解為筆畫十十十八，四十加八為四十八。典出《蜀志・楊洪傳》：「洪迎門下書佐何祇。」裴松之注云：「何祇嘗夢井中生桑，以問占夢趙直。直曰：『桑非井中之物，會當移植之。然桑字四十下八，君壽恐不過此。』……〔何祇〕四十八卒。」嵐蘭享年四十七。又桑杖或以喻嵐蘭為芭蕉之所倚恃。

14 原文：「みしやその 七日は墓の 三日の月。」七日指喪事頭七。三日月謂初三上弦月。

東順傳[1]

老人東順，榎氏，其祖父為江州堅田農士[2]，稱竹氏[3]。榎氏蓋晉子[4]母方之姓也。今年七十又二歲，臥病床而望秋月，情寄花鳥而悲朝露，直至易簀之際，神色自若，方寸不亂。終於留下更科之句[5]，而隱入大乘妙典之蓮華座[6]矣。年輕時學醫為本業，得俸錢於本多某公[7]，是以無釜魚甑塵[8]之憂。然而厭棄世路，乃脫其聞名之衣，折其杖[9]而捨其業。時年已六十之初矣。且以市肆為山居，十

1 東順：其角（晉子）之父，俳號赤子，元祿六年（一六九三）八月二十九日歿，享年七十二。東順為其行醫之號。此文為芭蕉悼之之作。

2 江州：近江國之華式稱呼。堅田：在今滋賀縣大津市區內。農士：農村出身而從醫或他業者，類芭蕉之稱鄉士。士蓋有尊稱之意。

3 榎氏、竹氏：分別為日本姓氏榎本與竹下之華式簡稱。

4 晉子：榎本其角（一六六一—一七〇七）別號，芭蕉高弟。餘詳〈伊勢紀行跋〉，注3，頁三九。

5 更科之句：指東順仲秋臨終之詠，題〈萩露〉，有兩句：「死症には 千草の露の 驗もなし（絕症難治，即有千草靈露，效驗全無）。」又：「子と姨と 誰がかへて見ん今日の月（子與老女，誰將替我觀賞，今日之月）。」其子其角亦有句：「信濃にも 老が子はありけり 今日の月（在信濃國，也有老父之子，今宵明月）。」東順有一子

餘年來所樂者，唯不放其筆，不離其几耳。興到筆隨，所作所詠，量可盈車。生於湖上而終於東野[10]。斯人也，是必可謂大隱隱朝市者也[11]。

月落山後
虛室寂寥無聲
只剩書几[12]

（其角之弟）住在信濃國更科（或作更級），今長野縣更級郡，以棄老傳說「姨捨山」聞名於世。歌枕。參〈更科姨捨月〉，注3，頁六二。

6 大乘妙典：即《法華經》。蓮華座：又稱蓮座或佛座，佛菩薩所坐蓮花臺，喻往生極樂之淨土。其角家信奉日連宗。此句謂東順因《法華經》功德而得以往生淨土。

7 膳所藩主本多下野守。

8 喻生活貧苦。《後漢書・范冉傳》：「范冉字史雲。……好違時絕俗，為激詭之行。……所止單陋，有時糧粒盡，窮居自若，言貌無改。閭里歌之曰：『甑中生塵范史雲，釜中生魚范萊蕪。』」

9 聞名之衣：喻世俗外表之名聲。折杖：斷其倚以為生之道，喻放棄醫術。

10 生於關西琵琶湖畔（堅田），卒於東國武藏野（江戶）。

11 東晉王康琚〈反招隱詩〉：「小隱隱陵藪，大隱隱朝市。」白居易〈中隱〉：「大隱住朝市，小隱入丘樊。」

12 原文：「入月(いるつき)の跡(あと)は机(つくえ)の四隅哉(よすみかな)。」以月落喻東順之死。

野曝紀行[1]

旅行千里，不裹路糧[2]，三更月下入無何[3]。仗此古人之言，於貞享甲子秋八月[4]，離江上破屋。風聲蕭瑟，寒氣襲人。

曝屍荒野
寸心此去已決
沁心風寒[5]

羈旅十秋
卻指異鄉江戶
說是故鄉[6]

1 一名〈甲子吟行〉，芭蕉最早之紀行文。貞享元年（一六八四）八月，自江戶出發，遊歷伊勢、伊賀、吉野、大垣、尾張、奈良、京都等地，尋訪歌枕古蹟。翌年四月經甲斐返抵江戶。按：野曝者，曝屍於野也。

2 《莊子・逍遙遊》：「適百里者，宿舂糧；適千里者，三月聚糧。」芭蕉反其意而用之，蓋謂天下太平，路上有門人俳友，不愁衣食住也。

3 《褙語錄》引〈偃溪廣聞禪師語錄〉：「路不齎糧笑復歌，三更月下入無何。」按：無何即無何有之鄉，典出《莊子》〈逍遙遊〉篇：「今子有大樹，患其無用，何不樹之於無何有之鄉，……逍遙乎寢臥其下。」又〈列禦寇〉：「彼至人者歸精神乎無始，而甘冥乎無何有之鄉。」

4 當一六八四年陰曆八月。該月中旬，芭蕉離開「江上破屋」芭蕉庵，開始長達八月之「野曝」行腳。翌年四月底返回江戶。

越關[7]日，降雨，山皆隱在雲中。

霧雨濛濛
富士不見之日
反而有趣[8]

某氏名千里[9]，自願為此次旅途之伴；萬般照佛，莫不盡心。恆為莫逆，與朋友交而有信者[10]，非此人耶？

深川草庵
且託富士遠望
照顧芭蕉[11]　千里

---

5 原文：「野ざらしを 心に風の しむ身哉。」謂決心出遊，即使曝屍於野，亦在所不辭也。《奥之細道》〈飯塚里〉章亦有類似志趣，云：「羈旅邊地之行腳，捨身無常之觀念，即或死於道路，是亦天命也。」

6 原文：「秋ととせ 却て江戸を 指故郷。」芭蕉移居江戸，已第十二年，所謂十秋，大略言之耳。賈島〈渡桑乾〉：「客舍并州已十霜，歸心日夜憶咸陽。如今又渡桑乾水，卻指并州是故鄉。」

7 箱根關：東海道重要關口，在箱根山中。

8 原文：「霧しぐれ 富士をみぬ日ぞ 面白き。」霧迷為「富嶽八景」之一。芭蕉另有〈士峰贊〉句：「雲霧の 暫時百景を つくしけり（雲霧聚散，瞬間變幻無常，百景俱足）。」

9 千里：蕉門。大和國（今奈良縣）人，苗村氏，通稱粕屋甚四郎或油屋喜右衛門。享保元年（一七一六）歿，六十九歲。參〈竹林深處〉文本及注2，頁三三。

10 《論語・學而》：「吾日三省吾身，……與朋友交而不信乎？」

11 原文：「深川や 芭蕉を富士に 預行。」當時，從江戸可

行至富士川[12]畔，見一棄兒，僅三歲許，哭之甚哀。豈因父母不忍投之於此川湍流，以祈免於爾後咎悔浮生於人間駭浪中，故乃捨其如露之命於岸上耶？小萩[13]下，秋風呼嘯，其將凋於今宵乎？萎於明晨歟？自袖中取出食物，投之而過。

遊子聽猿
棄兒在秋風裡
如何是好[14]

到底何以故？汝父憎汝乎？汝母厭汝耶？非也。父不憎汝，母不

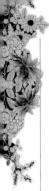

遙望富士山峰，故有此打趣之句。

12 富士川：歌枕。從富士山麓，流經山梨、靜岡兩縣，注入駿河灣。

13 小萩：喻野外棄兒。在《源氏物語・桐壺》中，則以喻宮中失恃之小皇子，有歌：「宮城野の 露吹きむすぶ 風の音に 小萩がもとを 思ひこそやれ（宮城野風嘯，凝露在枝頭，秋聲氣凜冽，何不念小萩）。」

14 原文：「猿を聞人 捨子に秋の 風いかに。」按：在漢詩中，猿聲往往為遊子懷鄉而垂淚之媒介。杜甫〈秋興八首〉之二：「聽猿實下三聲淚。」白居易〈舟夜贈內〉：「三聲猿後垂鄉淚。」大江澄明〈山水對策〉：「胡雁一聲，秋破商客之夢；巴猿三叫，曉霑行人之裳。」

厭汝也。此唯天命也，汝生不逢辰，乃哭之耳。

渡大井川[15]，終日下雨。

秋日風雨
江戶屈指一算
該在渡河[16]
千里

馬上吟

路旁槿花
馬兒突然張嘴
囫圇吞下[17]

過二十日之殘月，微茫在空，山麓甚闇，馬上垂鞭，數里未聞雞

15 大井川：流經遠江國（今靜岡縣）後，注入駿河灣。東海道險關之一。江戶時代，禁止架橋與渡船，故漲水時則此路不通。

16 原文：「秋の日の雨 江戸に指折らん 大井川。」句謂：秋雨瀟瀟中，江戶門生俳友屈指推算，猜想芭蕉一行當在涉水渡大井川也。

17 原文：「道のべに 木槿は馬に くはれけり。」按：木槿花朝開夕謝，喻人生短暫無常。白居易〈放言五首〉其五：「松樹千年終是朽，槿花一日自為榮。……生去死來都是幻，幻人哀樂繫何情。」（亦見引於《和漢朗詠集・秋》）又以喻人心無恆易變，孟郊〈審交〉詩：「小人槿花心，朝在夕不存。」馬驢似喜吃槿花，鄭谷〈贈宗人前公安宰君詩〉：「風中夜犬驚槐巷，月下寒驢齧槿籬。」

18 杜牧〈早行〉：「垂鞭信馬行，數里未雞鳴。林下帶殘夢，葉飛時忽驚。」

19 小夜中山：小夜或作佐夜，地名，舊東海道險要坡道，在今靜岡縣掛川市附近。歌枕。

20 原文：「馬に寝て 殘夢月遠し 茶のけぶり。」王禹偁〈五更睡詩〉：「趁朝雞喚起，殘夢馬馱行。」杜牧〈醉

鳴。忽驚杜牧早行殘夢[18]，已至小夜中山[19]矣。

馬上打盹
殘夢弦月迢遙
茶煙裊裊[20]

松葉屋風瀑[21]恰在伊勢，乃尋訪之，駐足約十日。腰間不插寸鐵，頸掛一行腳囊，手攜十八珠[22]。似僧而在塵，俗而無髮。我雖非僧，以無髮故，視同浮屠之輩，不許至神前[23]。日暮詣外宮[24]，華表[25]隱隱約約，燈籠處處。但覺無上峰頂之秋風[26]，沁人身心。

後題僧院〉：「今日鬢絲禪榻畔，茶煙輕飄落花風。」蘇軾〈太白山下早行至橫渠鎮〉：「馬上續殘夢，不知朝日升。」

21 風瀑：人名，伊勢度會人，住江戶，號松葉屋、垂虹堂。編有《丙寅紀行》等。

22 寸鐵喻短刀。禪宗念珠共十八顆，故曰十八珠。

23 佛教僧尼不許參拜神社。

24 外宮：指豐受大神宮，祀穀物之神豐受大神；內宮為皇大神宮，祀天照大神。

25 華表：鳥居之漢稱。日本神社參道（參拜之路）入口處所立牌坊，作开字形。

26 西行法師：「深く入りて 神路の奥を 尋ぬれば 又うへもなき 峰の松風（深深入神路，尋尋覓窈冥。無上峰頂上，但聞松濤聲）。」（《千載和歌集・神祇》）按：神路為山名，在伊勢內宮之南，又稱天照山。

晦日無月
巨風擁抱老杉
搖曳千古[27]

西行谷中有流水，見婦女多人在洗山芋[28]。

唉洗芋女
西行若還在此
定會詠歌[29]

當日歸途中，入一茶屋小憩。有女名阿蝶者，懇求以其名詠發句，並遞出白色絲巾，乃書一句：

27 原文：「みそか月なし 千とせの杉を 抱あらし。」
28 西行谷：在神路山南方，傳有西行隱棲之跡。
29 原文：「芋洗ふ女 西行ならば 歌よまむ。」西行詠歌一事，據《撰集抄》：西行在江口里，向遊女阿妙借住一宿，初遭婉拒，乃詠歌；阿妙深受感動，詠歌答之，且請西行入內，暢談終宵而別，傳為佳話。其贈答歌見於《新撰和歌集》、《山家集》等。
30 原文：「蘭の香や 蝶の翅に たき物す。」
31 閑人：清閑隱居之人，指盧牧，伊勢人。
32 原文：「蔦植ゑて 竹四五本の あらしかな。」蔦蘿：爬藤類，秋季葉轉暗紅，為日本歌人愛詠之物。竹：《世說新語・任誕篇》：「王子猷……直指竹曰：『何可一日無此君。』」蘇軾〈於潛僧綠筠軒〉：「可使食無肉，不可居無竹。無肉使人瘦，無竹令人俗。」
33 長月：陰曆九月雅稱。
34 北堂：指主婦所居之堂。韓愈〈示兒詩〉：「主婦治北堂，膳服適親疏。」亦指一家主母。北堂院中植萱草，故又稱萱堂。此句謂：母親不堪老病之苦而逝去。芭蕉之母於去年（一六八三）六月二十日歿於家鄉。

蘭花瓣上
蝴蝶展翅翩翩
搧出幽香[30]
訪閑人[31]茅舍
栽植蔦蘿
竹子四枝五枝
迎風招展[32]

長月[33]之初，返回故鄉。北堂萱草不堪霜露而枯去[34]，今已失其蹤跡矣。今日種種非比昔日。兄弟姊妹皆雙鬢白而眉梢皺，但聞「唯命尚在」之嘆聲，更無多言。家兄[35]乃啟護符袋，曰：「請拜阿母白髮。可比浦島子打開百寶盒，

35 長兄松尾半左衛門。

汝眉毛亦泛白矣。」[36]人人莫不潸然。

捧在手裡哭泣
白髮幻成秋霜
熱淚盈眶[37]

行腳大和國，葛下郡有名為竹內之處，乃千里之故鄉，往之歇腳數日。

竹林後有人家
彈綿花弓
琵琶絃絃相和
竹林深處[38]

36 浦島子：通稱浦島太郎，浦島傳說主人公。有海龜為報其救命之恩，帶浦島子至海底龍宮，龍王公主乙姬待之如上賓。三年後鄉愁日增，獲贈百寶盒，返回故鄉。但故鄉面目全非，乃違乙姬之約，打開百寶盒，一道白煙冒升，浦島子頓時變成白髮老人。按：百寶盒，原文作玉櫛笥或玉手箱。

37 原文：「手(て)にとらば消(きえ)ん なみだぞあつき 秋(あき)の霜(しも)。」

38 原文：「わた弓(ゆみ)や 琵琶(びは)に慰(なぐさ)む 竹(たけ)のおく。」

39 二上山：歌枕。在今奈良縣北葛城郡當麻町，上有當麻寺，兼修淨土宗、真言宗。

40 《莊子・人間世》：「見櫟社樹，其大蔽千牛。……是不材之木也，無所可用，故能若是之壽。」又〈逍遙遊〉：「今子有大樹，患其無用。……不夭斤斧，物無害者。」按：莊子以無用而櫟樗得保長壽；而芭蕉則以佛緣而松樹不受斧斤。

41 原文「僧朝顔(そうあさがほ) 幾死(いくしに)かへる 法(のり)の松(まつ)。」朝顔，漢名牽牛花。類槿花，喻生命之短暫無常；法松指與佛法有緣之松，可長壽不衰。劉希夷〈公子行〉：「願作貞松千歲古，誰論芳槿一朝新。」

詣二上山當麻寺[39]，觀庭上松樹，凡千餘歲，大可蔽牛。松雖無情，而與佛寺結緣，幸免斧斤之禍[40]。

僧與牽牛
死生幾度交替
法松依然[41]

獨登吉野山，至深處，白雲疊峰上，霧雨埋谷中。樵獵小屋處處。西邊伐木，回響自東；寺鐘幽邈，沁入心底。自古遺世而居此山者，大都隱遯於詩、寄情於歌。

然則，比之於唐土廬山[42]，不亦宜乎。

借住某僧坊一宿

僧坊女眷
請打搗衣砧聲
慰我旅愁[43]

西行上人草庵之跡，從奧院[44]右方撥草行二町[45]許，唯剩樵夫往來小徑可通。前有斷崖險谷，殊勝可畏。昔時汩汩清水[46]並未乾涸，依然汩汩滴水成流。

露滴汩汩

42 廬山：在江西省九江縣南。中國名山之一。名勝古蹟不勝枚舉，包括慧遠（三三四—四一六）所住東林寺、白居易廬山草堂等。
43 原文：「砧打て我にきかせよや坊が妻。」
44 奧院：指金峰山寺，修驗道靈場，在吉野山上。
45 町：距離單位，一町約合一一〇公尺。
46 傳西行歌：「とくとくと落つる岩間の苔清水くみほすほどもなきすまひかな（點滴石間落，汩汩苔上流。欲往汲清水，小庵不之求）。」此歌不見於各種敕撰歌集或西行《山家集》。
47 原文：「露とくとく心みに浮世すすがばや。」
48 伯夷、許由：皆中國古代隱士。唯伯夷餓死首陽山，並無漱口之事，詳見〈四山瓢〉，注5，頁四二。許由故事，詳見〈竹林深處〉，注5，頁三三。
49 後醍醐帝：第九十六代天皇（在位一三一八—一三三九），反對鎌倉幕府，主張天皇親政。事敗，流放隱岐。後逃出謫地，得足利尊氏之助，推翻鎌倉幕府，企圖親政。又不成，逃至吉野山，建立南朝，日本於是進入南北朝時代，長達六十年。後醍醐天皇崩於一三三九年，距今貞享元年

合掌試掬清水
洗淨俗塵[47]

扶桑若有伯夷，必在此漱其口；若告之許由，必在此洗其耳[48]。

登山下坡，不覺秋日已斜。名勝處處，過而不訪。先往拜後醍醐帝陵廟[49]。

御陵經年
忍草芸芸叢生
所忍何事[50]

自大和經山城，入近江路至美濃[51]。過今須、山中[52]，途中蓋有

（一六八四），已歷三百四十五年矣。

50 原文：「御廟年を經て しのぶは何を しのぶ草。」按：忍草，或名忘憂草，漢名萱草。忍字為草名之外，又與隱諱、忍耐或緬懷，讀同義雙關，故沿用原文忍草，以喻後醍醐天皇一己生前之隱忍，或後人悼念之情。

51 大和、山城、近江、美濃：皆國名，跨越今奈良、京都、滋賀、岐阜諸府縣。

52 今須、山中：皆屬今岐阜縣不破郡關原町。今須為自近江入美濃後第一驛站。

古常磐[53]塚云。伊勢之守武云「秋風好似義朝殿」[54]。不知何處相似。我亦有句：

義朝心情
一生蕭瑟淒涼
好似秋風[55]

不破
秋風蕭索
草原田野處處
不破關墟[56]

留宿大垣之夜，木因[57]為居停主人。武藏野出門遊方時，曝屍途中荒野之心已決[58]。

53 常磐（一一三七—？）：平安末期武士源義朝（一一二三—一一六〇）側室，源義經之生母。源義朝死於平治之亂（一一五九）後，其政敵平清盛納之為妾。其後改嫁藤原長成。一說：平治之亂後，常磐企圖逃至東國，在美濃山中被殺。

54 守武：荒木田氏，伊勢內宮神官，俳諧連句創始者。天文十八年（一五四九）歿。其《守武千句》有連句：「月見てや 常磐の里へ かかるらん／義朝殿に 似たる秋風（一邊賞月，邊走向常磐里，就在眼前／秋風淒淒切切，好似義朝心聲）。」按：源義朝為鎌倉幕府首代大將軍之父。一生不到四十歲，策畫或參與政變不止一次，甚至殺父伐弟。終被平清盛謀殺。

55 原文：「義朝の 心に似たり 秋の風。」

56 原文：「秋風や 藪も畠も 不破の關。」不破關遺跡在今岐阜縣不破關原町。藤原良經：「人住まぬ 不破の關屋の 板びさし 荒れにし後は ただ秋の風（守關人已去，不破關屋空。板簷殘破後，但聞嘯秋風）。」（《新古今和歌集・雜》）按：不破關於延曆年間（七八二—八〇六）廢關；其荒廢之景成為歌人喜詠之題材。

居然未死
羈旅連日至今
秋聿其暮[59]
於桑名本統寺[60]
冬牡丹花
千鳥嚶嚶相伴
雪中杜鵑[61]

旅次難於熟眠，晨光熹微即起，行至海濱。

曙色微明
白魚上網閃白
只一寸長[62]

57 大垣：今岐阜縣大垣市。木因：大垣俳人，谷氏，名九太夫。大垣世襲船運商。比芭蕉小二歲，享年八十。

58 指貞享元年秋八月，離武藏國江戶芭蕉庵時所作之句。詳上注5，頁一二四。可與此時所詠「居然未死（しにもせぬ）」句對照。

59 原文：「死(し)にもせぬ 旅寝(たびね)の果(はて)よ 秋(あき)の暮(くれ)。」

60 桑名：地名，在今三重縣北部，東海道驛站。本統寺：東本願寺別院，又名桑名御坊。當時住持琢恵，俳號古益。

61 原文：「冬牡丹(ふゆぼたん) 千鳥(ちどり)よ雪(ゆき)の ほととぎす。」白色冬牡丹，千鳥唱歌相伴，彷彿雪中杜鵑。按：千鳥，和歌常用題材。古稱鴴，涉水鳥，頸部與腹面白色，喜棲低濕地區。

62 原文：「明(あけ)ぼのや しら魚(うを)しろき こと一寸(いっすん)。」可參照杜甫五絕〈白小〉首聯：「白小群分命，天然二寸魚。」二者似有聯想關係。

詣熱田[63]。神社院內破爛不堪。土牆倒塌，埋在草叢中。在彼則張繩以示小社之跡，在此則置石而標某神之名[64]。艾蒿忍草，任其成長。其景荒涼，然較之乾淨整齊者，更誘人情趣也。

忍草也枯
只能買糕充飢
寂寞茶屋[65]

入名護屋途中吟

寒風中詠狂句
此身風狂浪蕩

---

63 熱田：有熱田神宮，在今名古屋市熱田區，祀天照大神、日本武尊等神。其神體為草薙劍（日本皇室三種神器之一）。

64 小社：謂神社境內陪祀之末社。又日本神道不拜偶像，多以木主（位牌）祀之，謂之御靈代（みたましろ）。在此則以石書神名其上，以示某神原來之座位。

65 原文：「しのぶさへ 枯て餅かふ やどり哉。」忍草：見上注50。此句蓋謂：連憑之以緬懷古昔之忍草，亦已枯萎殆盡，言荒廢至極也。

66 原文：「狂句木枯の 身は竹齋に 似たる哉。」名護屋：名古屋之不同寫法。按：日本文類中，漢詩有狂詩，和歌有狂歌，俳句有狂句，分別指其詼諧、滑稽、嘲諷之體，類中國打油詩。竹齋：富山道治所著假名草子《竹齋》（一六二六）之主人公。庸醫，作風怪誕任性。好詠狂歌，浪跡各地，亦曾至名古屋。芭蕉以竹齋喻己之俳諧風雅狂放。

67 原文：「草枕 犬も時雨るか よるの聲。」

68 原文：「市人よ 此笠うらふ 雪の傘。」按：日文笠、傘二字，訓讀同音（かさ），時有混用之例。在此芭蕉故意

好似竹齋[66]
羈旅枕邊
犬吠時雨淅瀝
夜聲寂寥[67]
漫步賞雪
市街人呀
很想賣此斗笠
霑雪笠傘[68]
見旅人
馬也想看
遍地積雪發亮
白色清晨[69]
海濱一宿
垂垂暮矣

以漢字書之，以示有別，似有文字遊戲之意。

69 原文：「馬(うま)をさへ ながむる雪(ゆき)の 朝哉(あしたかな)。」此句似作於冬季初雪之後，一夜間大地盡白，風景驟變，連馬亦顯好奇之色。

海上野鴨喧聒
一片白茫[70]。

在此脫草鞋，在彼捨手杖，旅次處處，歲又暮矣。

歲聿其暮
依然戴著斗笠
穿著草鞋[71]

雖說如此，卻在山村之家[72]過年。

誰家女婿
背負齒朵糕餅
趕著牛年[73]

70 原文：「海くれて 鴨のこゑ ほのかに白し。」日本歌人詠野鴉叫聲時，往往與鄉愁有關。

71 原文：「年暮ぬ 笠きて草鞋 はきながら。」句謂：雲遊行腳之人，總在路上，無暇脫去斗笠與草鞋也。芭蕉〈送許六詞〉：「自古有風雅之情者，背負笈箱，草鞋傷足，破笠護霜露，責心自苦，以求物之真實為樂。」

72 指故鄉伊賀上野之家。

73 原文：「誰が婿ぞ 歯朶に餅おふ 牛の年。」按：齒朵又名貫眾、山草等，羊齒類。似蕨似薇。在日本或稱裡白。四時不死，象徵長生不老，為元旦吉祥飾物。過年時，新婚女婿有贈岳家年糕與齒朵之俗。句中所迎新年當乙丑，屬牛。中句之「おふ」為負與追之掛詞（雙關字）。

74 原文：「春なれや 名もなき山の 薄霞。」所謂無名山，指香具山、佐保山，素以春霞知名。

75 原文：「水とりや 氷の僧の 沓の音。」奈良東大寺二月堂，每年陰曆二月初一至十四日有取水修持法，謂之修二會。其間初七與十二兩夜，寺僧披白袈裟，冒冰冷寒氣，行汲井水繞堂而運至內殿之儀式。

76 秋風：談林派俳人。本名三井六右衛門時治，京都富豪，

赴奈良路上

春來了吧
看那無名山上
披著淡霞[74]

籠居二月堂
取水節夜
僧冒寒氣凜冽
橐橐屐聲[75]

上京，訪三井秋風鳴瀧山家[76]。

梅林

梅綻白花
難道昨日仙鶴
被偷走了[77]

其山莊在京都西北郊鳴瀧（今右京區），有梅林。今年四十歲。享保二年（一七一七）歿，享年七十二。

77 原文：「梅白し 昨日ふや鶴を 盗れし。」芭蕉將秋風比宋隱士林逋（和靖）。林逋終生不仕不婚，植梅養鶴以自娛。其詠〈山園小梅〉詩：「疏影橫斜水清淺，暗香浮動月黃昏」，至今膾炙人口。又白居易〈花樓望雪命宴賦詩〉：「偷將虛白堂前鶴，失卻樟亭驛後梅。」亦可參考。

春来了吧看那
名山上披着淡霞

椽樹容姿
無關眾花燦爛
自在自足[78]

伏見西岸寺逢任口上人[79]

伏見相逢
桃花灼灼垂露
霑我客衣[80]

至大津途中越山路

行至山路
何物引人入勝
紫菫小花[81]

湖水眺望

辛崎孤松
朦朧彩霞浮動
勝似花雲[82]

---

78 原文：「樫の木の 花にかまはぬ 姿かな。」芭蕉以椽樹為喻，向居停秋風致意之句。椽樹（樫木）雖不華麗，然其為木，高聳挺直，質地堅硬，乃實用之材。

79 伏見在今京都市伏見區。歌枕。西岸寺屬淨土宗，其三世住持寶譽上人，俳號任口。當時八十歲，翌年（一六八六）歿。

80 原文：「我がきぬに 伏見の桃の 雫せよ。」伏見為桃花勝地。句意蓋謂：任口上人之德如桃花之露，濕我衣袖，喻為之感激涕零也。

81 原文：「山路来て 何やらゆかし 菫草。」大江匡房（一〇四一—一一一一）歌：「箱根山 薄紫の つぼすみれ 二しほ三しほ たれか染めけん（箱根山路上，淡紫壺菫花。二染復三染，誰是染色家）。」（《堀河百首》）

82 原文：「辛崎の 松は花より 朧にて。」辛崎：又作唐崎，今滋賀縣大津市坂本町，琵琶湖西南岸名勝。「唐崎夜雨」為近江八景之一。

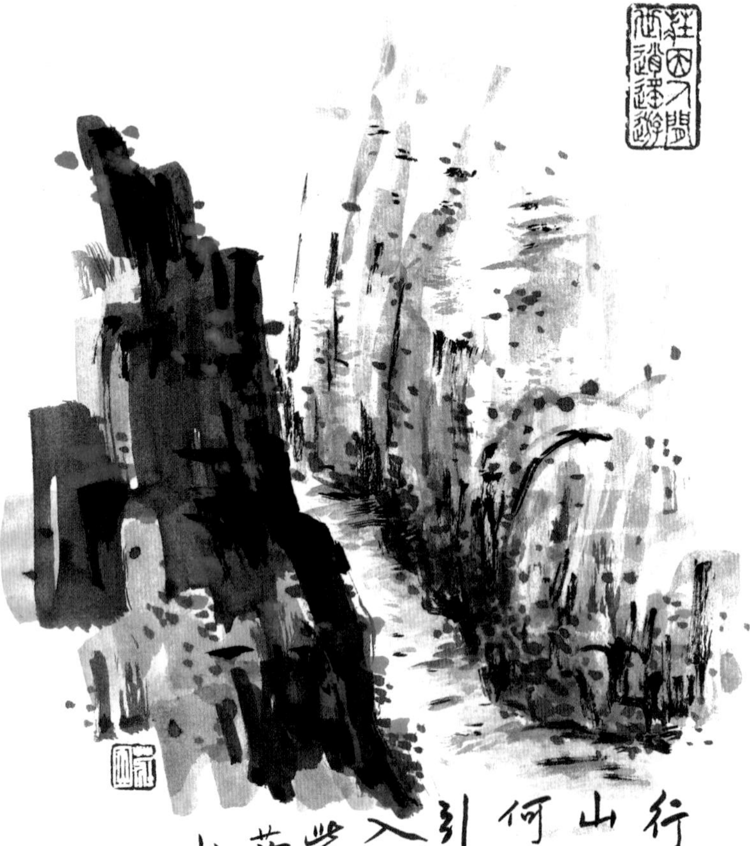
行至山路何物引人入勝
紫堇小卷

在水口逢闊別二十年故友[83]

兩個生命
活到今日重逢
心生櫻花[84]

有伊豆國蛭小島桑門[85]，自去年秋亦在行腳中，聞我之名，自請為旅伴，隨我至尾張國。

既然如此
或須咀嚼麥穗
偕行遊方[86]

此僧告予曰，圓覺寺大顛和尚於今年睦月初遷化[87]。是實非虛，

83 水口：今滋賀縣甲賀郡水口町，舊東海道驛站。二十年故友：指同鄉後輩服部土芳（一六五七—一七三〇），蕉門。著有俳論《三冊子》，轉述芭蕉「不易流行」之說。

84 原文：「命二ツの中に生たる櫻哉。」

85 蛭小島：今靜岡縣伊豆半島韮山町，鎌倉幕府首代將軍源賴朝年輕時流謫之地。桑門：僧侶之梵語音譯。

86 原文：「いざともに穗麥喰はん草枕。」麥穗喻粗食。

87 大顛和尚：鎌倉圓覺寺住持，芭蕉弟子其角參禪之師。善俳諧，號幻吁。此年，貞享二年睦月（一六八五年正月）歿，五十七歲。遷化：喻高僧貴人之死。

彷彿是夢。

路上寄其角一句。

梅花凋零
戀慕且拜卯花
潸然淚下[88]

寄杜國

想白芥子
蝴蝶寧願鎩羽
不耐離情[89]

再訪桐葉子[90]家，將下關東。

深入牡丹花蕊

---

88 原文：「梅こひて　卯花拝む　なみだ哉。」以梅花喻大顛之高潔，但四月無梅，且拜白淨之卯花（水晶花），藉以表示追悼大顛之意也。

89 原文：「白げしに　はねもぐ蝶の　形見哉。」白芥子花喻杜國，芭蕉則以蝴蝶自喻。句意蓋欲強調師徒情深，捨不得分開也。

90 桐葉：人名，本名林七左衛門，鄉間武士，熱田客棧主人。蕉門。

91 原文：「牡丹蘂ふかく　分出る蜂の名殘哉。」牡丹花，代表花之富貴者。在此喻居停主人桐葉，以蜂比自己。句謂：承蒙主人厚情款待後，欲離而不勝依依也。

92 甲斐國：今山梨縣。天和二年（一六八二）歲末，芭蕉庵燒毀後，芭蕉曾寄居甲斐國山中某人家，至翌年五月始返江戶。此次似特意往訪當時故友。

93 原文：「行駒の　麥に慰む　やどり哉。」

94 原文：「夏衣　いまだ虱を　とりつくさず。」按：陰曆四月初一為更衣日，脫下棉衣而換上夾衣，以示送春迎夏。天氣轉熱，身上長蝨。四月底，芭蕉終於返抵江戶草庵，身心俱憊。疏懶之餘，亦無心除衣服之蝨矣。

蜂採蜜後離去
難捨難分[91]

順路訪甲斐國山中故人[92]。

驛馬休憩
麥穗加餐飽肚
旅宿安詳[93]

卯月末，返抵草庵，將養旅遊勞頓。

換了夏衣
竟又長滿蝨子
尚未抓完[94]

鹿島紀行[1]

洛都貞室[2]曾往須磨浦賞月，有句云：

松樹蔭下
月是三五夜月
想中納言[3]

昔日之風雅狂夫令人嚮往，乃有今秋赴鹿島[4]山上賞月之行。同行者二人：浪跡之士一、雲水之僧一[5]。僧著烏黑緇衣，頸垂頭陀袋[6]，背負小佛龕，龕內安置釋尊

1 又名〈鹿島詣〉或〈鹿島記〉。貞享四年（一六八七）八月，訪鹿島根本寺前住持佛頂和尚共賞仲秋名月。同行者有曾良、宗波二人。初稿成立於同年鹿島之行之後。

2 貞室：貞門俳諧師，原名安藤正章。寬文十三年卒，六十四歲。

3 原文：「松陰や　月は三五や　中納言。」新納言指在原行平，平安前期歌人官僚。歷官至中大納言、民部卿。曾被流放須磨，住上野山福祥寺，即後來之須磨寺。參〈笈之小文〉，注112、121，頁一八四、一八七。據說寺中有古松，名賞月松。白居易〈八月十五日夜禁中獨直對月憶元九〉：「三五夜中新月色，二千里外故人心。」

4 鹿島：常陸國歌枕，今茨城縣鹿嶋市。有鹿島神宮。

5 浪跡之士：指河合曾良（一六四九—一七一〇），蕉門。出身長島藩士，通神道、歌學。曾為芭蕉「奥之細道」、「鹿島紀行」之旅伴。雲水之僧：指行腳禪僧宗波，為芭

成道出山法像；曳杖橐橐，如入無門之關，獨步天地之間[7]。另有一人[8]，非僧非俗，似鳥似鼠，蓋屬蝙蝠之類[9]；因起探訪無鳥島[10]之願，便在草庵前乘船，至名為行德[11]之處捨船上岸，立意不騎馬，徒步而行，以測瘦弱雙腿之耐力。

有甲斐國[12]人某某以檜笠相贈，人人戴之上路。過八幡，至鎌谷原[13]，有平地甚廣。彷彿秦甸千里[14]，可以望遠。筑波山高聳天邊，雙峰並矗[15]。聞彼唐土有雙劍峰，乃廬山奇景之一也。

不談雪景

蕉庵鄰居。

6 頭陀袋：行腳僧掛在頸下之行囊。原文「三衣袋」，謂裝三種袈裟之袋。

7 宋禪僧慧開〈無門關〉頌：「大道無門，千差有路。透得此關，乾坤獨步。」

8 指芭蕉自己。

9 鳥鼠為蝙蝠之別稱。佛家以鳥鼠僧喻破戒比丘。《佛藏經．上》：「譬如蝙蝠，欲捕鳥時，則入穴為鼠；欲捕鼠時，則飛空為鳥，而實無大鳥之用。其身臭穢，但樂闇冥。舍利弗，破戒比丘，亦復如是。」

10 有諺云：「無鳥島之蝙蝠。」芭蕉自謙以譬如蝙蝠之身往無鳥之島也。在此無鳥島喻鹿島。

11 行德：在今千葉縣市川市內。芭蕉自芭蕉庵前乘船下隅田川，沿海至行德。

12 甲斐國：今山梨縣。東海道十五國之一，又稱甲州。

13 八幡：今千葉縣市川市八幡町。鎌谷原：今千葉縣葛飾郡鎌谷町。

14 秦甸：傳唐公乘億〈長安八月十午夜賦〉：「秦甸一千餘里，凜凜而冰鋪。」（《和漢朗詠集．秋》引）秦甸指秦

先看紫氣霞蔚
　筑波山頭[16]

我門人嵐雪[17]所詠之句也。自古以來，傳日本武尊有詠筑波之歌[18]，因而詠連歌者以為連歌發源於此，亦以此稱連歌之道。不可過而無歌；不可過而無句。誠可謂可愛可慕之山也。

萩花鋪地似錦。因憶為仲折萩花，藏之長櫃[19]中，以備返京送人故事；其風流韻事，感人殊深。桔梗、女郎花、黃茅、菅芒雜亂叢生。牡鹿戀妻，哀哀悲鳴。放牧之馬，得其所哉，成群結伴，亦富情

都咸陽京畿千里周圍之內，長安亦在其中。在此秦甸喻鎌谷原之廣。

15 筑波山：在今茨城縣東部關東平原，海拔八七六公尺，嶺上分為男體山、女體山二峰。芭蕉從其二峰聯想中國廬山之雙劍峰。

16 原文：「ゆきは不申（まうさず） 先（まづ）むらさきの つくばかな。」

17 嵐雪：俳號，本名服部彥兵衛（一六五四—一七〇七），下級武士出身。蕉門，後棄武從文，為俳諧宗匠。元祿三年（一六九〇）刊行《其袋》，與其角並稱江戶蕉門雙璧。

18 日本武尊：又作倭建命，日本神話傳說中之英雄，生前奉命西討熊襲，東征蝦夷。死於凱旋路上。據《古事記》、《日本書紀》所載，倭建命經過甲斐國時，住酒折神宮，舉燭進食，以歌問曰：「新治　筑波過ぎて　幾夜か寝つる（來到新治，亦過筑波山麓，已睡幾夜）。」秉燭老人和之曰：「日日並べて　夜には九夜　日には十日を（算算日夜，前後夜是九夜，日是十日）。」連歌師以此唱和之歌為連歌之始，故連歌之道亦稱筑波之道。

19 長櫃：橘為仲（？—一〇八五），平安中期歌人。曾任陸

趣。

日將垂暮，抵利根川畔名布佐[20]之處。有人在此設魚梁，售其所捕鮭魚於武江[21]市集者。垂暮，入漁家稍憩。擬夜宿其家，而腥臊難聞[22]。乃趁月白天晴，乘夜舟至鹿島。

午間風雨瀟瀟，今夜或無月可賞。聞根本寺前和尚[23]，遁世後隱於山麓，即往尋之，且宿其處。誦令人發深省之句[24]，暫得一時清淨。拂曉，雨稍霽。為和尚催醒，人人起而出望。月光偶露，雨仍淅瀝下。幽幽此景，鬱乎胸次，而竟不能詠一句。迢迢來此賞月，而願

奧守，期滿返京，折宮城野萩花，藏長櫃中，準備贈送京中朋友，事見鴨長明《無名抄》（一二一一？）。長櫃為一種木製長方形裝物箱，有蓋，常由兩人一前一後抬之；其用類似今日之行李箱。

20 布佐：今千葉縣東葛飾郡我孫子町布佐。古為漁人街，有乘船渡頭，可至鹿島。

21 武江：武藏國江戶，今東京。

22 白居易〈縛戎人〉：「朝餐飢渴費杯盤，夜臥腥臊污床席。」白詩之腥臊指人之體臭，而芭蕉則用以指漁家之腥氣。

23 根本寺在鹿島神宮之西，傳為聖德太子（五七四—六二二）之所建立。前和尚指佛頂和尚（一六四二—一七一五），鹿島人，曾任根本寺第二十一世住持，為芭蕉舊識。芭蕉來訪時，已離根本寺，隱居山麓雲巖寺寺後之山庵。

24 杜甫〈遊龍門奉先寺〉：「欲覺聞鐘聲，令人發深省。」

望成空，豈能無憾。然而，憶昔某女史欲得郭公之歌而不得，惱恨而歸[25]，吾猶彼也，可謂同道之友也。

天上一輪月
亙古無不同
月貌時時變
只緣在雲中　　和尚[26]

月如飛鏡
樹梢雨水未乾
滴滴答答　　桃青[27]

夜宿寺院
表情一本正經

25 典出清少納言《枕草子》（成立於一〇〇〇年前後）第二一二段。按：清少納言，平安中期歌人、隨筆家。生卒年不詳。三十六歌仙之一。後宮女官，仕一條天皇皇后藤原定子。與《源氏物語》作者紫式部並稱平安二大女流作家。

26 原文：「折々(をりをり)に かはらぬ空(そら)の 月(つき)かげも 千(ち)ぢの眺(ながめ)は 雲(くも)のまにまに。」和尚指佛頂，參注23。

27 原文：「月(つき)はやし 梢(こずえ)は雨(あめ)を 持(も)ちながら。」詩箋墨跡或題〈山家雨後月〉。按：上五漢譯「飛鏡」一詞原文所無，譯者加字譯之：月逐浮雲如飛，且如懸鏡反映地面雨濕之景也。

28 原文：「寺(てら)に寐(ね)て まこと顔(かほ)なる 月見哉(つきみかな)。」此句中七「表情一本正經」，與文本所引杜甫「令人發深省」句（上注24），前後應和。

29 原文：「雨(あめ)に寐(ね)て 竹起(たけおき)かへる つきみかな。」按：以竹擬人修辭法，顯其俳趣。

30 原文：「月(つき)さびし 堂(どう)の軒端(のきば)に 雨(あめ)しづく。」

31 原文：「此松(このまつ)の 實(み)ばえせし代(よ)や 神(かみ)の秋(き)。」神前謂在鹿島神宮之前。神代指日本史前神話傳說時代，即由諸神造

仰頭賞月[28]　同

雨中睡竹

雨後仰起頭來

觀賞明月[29]　曾良

月有憂色

屋簷仍在滴水

雨後蕭然[30]　宗波

神前

仰此古松

遙想發芽當初

神代之秋[31]　桃青

神石穆穆

願為石上神座

國治人之時代。傳自首代神武天皇於西元前六六〇年即位後，進入所謂人皇時代。神代古松謂其古老而無量壽也。

按：下五亦可直譯「神宮之秋」。

拭去苔露[32]
屈膝禮拜　宗波

白鹿神情肅穆
呦呦其鳴[33]　曾良

田家

收割季節
田間飛來白鶴
村落秋涼[34]　桃青

夜間割稻
若問我何以故
田上月光[35]　宗波

卑賤村童
臼杵舂米暫歇
抬頭望月[36]　桃青

32 原文：「ぬぐはばや 石のおましの 苔の露。」傳鹿島明神降臨鹿島時，停在岩石上，即為神座，稱「要石」。拭其苔露，喻虔誠膜拜之也。

33 原文：「膝折るや かしこまり鳴く 鹿の聲。」據說一千多年前，創建奈良春日大社時，有天神騎白鹿降臨地上，從此在日本神道傳統中，鹿被奉為神之使者。

34 原文：「かりかけし 田面の鶴や 里の秋。」鶴為祥瑞之徵。

35 原文：「夜田かりに 我やとはれん 里の月。」農忙季節，亦可利用仲秋明月，夜間割稻。

36 原文：「賤の子や いねすりかけて 月をみる。」

37 原文：「芋の葉や 月待里の 焼ばたけ。」中七所待之月應是名月，即仲秋之月。

38 原文：「ももひきや 一花摺の 萩ごろも。」

39 原文：「はなの秋 草に喰あく 野馬哉。」下五之野馬，指放牧草原、不繫韁繩之馬。

40 原文：「萩原や 一よはやどせ 山の犬。」萩之漢名或作胡枝子。古歌有詠萩花為山豬臥床之例，故此句呼籲萩花，至少亦宜讓同樣兇狠之野犬住一宿。

鄉里旱田
芋葉迎風俯仰
恭候明月[37]

桃青

野

走過萩原
霑濕萩花濃露
褌筒染花[38]

曾良

秋日原野
大嚼秋花秋草
快哉野馬[39]

同

喂萩花原
請讓凶猛野犬
也住一宿[40]

桃青

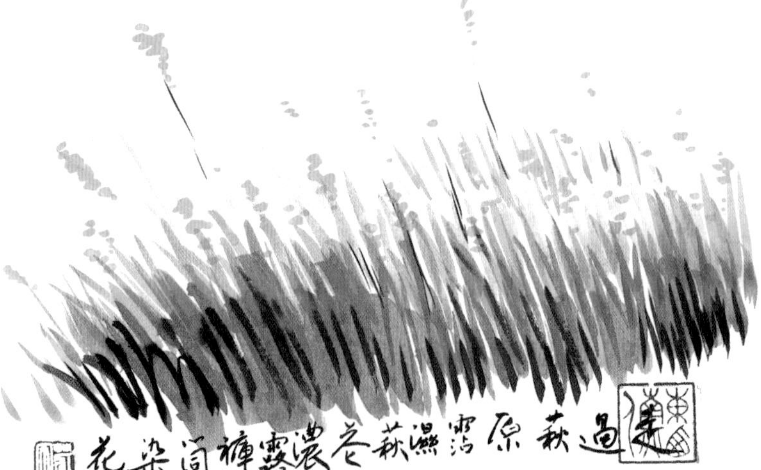
過荻原露濕荻花濃露褲間染花

歸途宿自準家

雲雀朋友
可睡乾草蓆上
且當窩巢　主人[41]
春插杉苗為籬
秋日扶疏迎客　客[42]
欲往賞月
招手拉縴役夫
停下船來[43]　曾良

貞享丁卯仲秋末五日[44]

---

41 原文：「塒（ねぐら）せよ　わらほす宿（やど）の　友（とも）すずめ。」主人自準，本間氏，業醫。俳號松江，又號道悅。住江戶，元祿十年（一六九七）歿。七十五歲。句意：主人懇切留客，但自謙宿處簡陋也。

42 原文：「あきをこめたる　くねの指杉（さしすぎ）。」訪客芭蕉所附脇句，以感謝主人之高情厚誼。

43 原文：「月見（つきみ）んと　汐引（しほひき）のぼる　船（ふね）とめて。」

44 貞享四年（一六八七）陰曆八月二十五日。

笈之小文[1]

百骸九竅[2]之中有物，姑且名之曰風羅坊[3]。蓋謂其命薄如輕羅，而易碎於風也。彼之愛好狂句[4]，有年矣，而終成生涯之計。時或厭倦而亟欲棄之如敝屣，時又自賣自誇而傲視於人。是耶非耶爭執於胸，而心神為之不寧。雖欲立身而揚名於世，因之而受阻；固想勵志於學以啟愚蒙，亦因之而中輟。竟自成為無能無藝之人，而終繫此生於僅此一道矣[5]。西行之於和歌[6]、宗祇之於連歌[7]、雪舟之

1 又名《庚午紀行》、《大和紀行》或《卯辰紀行》等。貞享四年（一六八七），芭蕉四十四歲。十月下旬，芭蕉離江戶草庵，經尾張入伊賀，迎新年於故鄉上野；然後，遊伊勢，與杜國同往吉野賞櫻，繼往高野、和歌浦、須磨、明石等地；翌年四月下旬至京都。此文即此路程之紀行。笈：竹編或木製方形或長方形背箱。遊學書生、行腳僧、修驗道者，用以攜帶經卷、衣物、食物、佛像等。今傳芭蕉晚年所用之笈，大小為：二四×二五・五×三六・九公分；木地黑漆，外面金泥蒔繪。

2 百骸九竅：指人之身體。百骸即百骨，指全身骨架；九竅謂二眼、二耳、二鼻、一口，加前後二便孔。

3 風羅坊：芭蕉別號之一。元祿二年（一六八九）「奧之細道」之旅時開始偶爾使用。蓋感到己身已弱不禁風歟？坊亦作房，原指僧坊，後亦以指僧侶。芭蕉曾自稱「形同桑門」。

於繪畫[8]、利休之於茶道[9]，貫其道者一也[10]。至於俳諧風雅，隨造化而友四時[11]。所見者無非花，所思者無非月也。所見若非花，則同夷狄；所思若無月，則類鳥獸矣[12]。此蓋務去夷狄、離鳥獸、隨造化而歸造化之謂也。

神無月初[13]，天候不定，身如風中落葉，不知何去何從。

但願有人
叫我浪跡遊子
初冬時雨[14]

4 狂句：泛指俳諧，或特指其詼諧、滑稽、嘲諷之體。參〈野曝紀行〉注66，頁一三六。

5 芭蕉成為俳人之心路歷程，可參看〈幻住庵記〉末段，頁九一。

6 西行：平安末期歌僧。見〈虛栗跋〉，注6，頁二五。又參〈忘梅序〉，注2；〈移芭蕉詞〉，注8；〈野曝紀行〉，注28、46等。

7 宗祇（一四二一—一五〇二）：飯尾氏，室町時代連歌師。編撰《新撰菟玖波集》，代表連歌發展之一大高峰。又有歌論《吾妻問答》、古典研究《源氏物語系圖》、紀行《白河紀行》等。

8 雪舟（一四二〇—一五〇六）：禪號雪舟等楊，室町時代畫僧。曾隨遣明使入明，學禪習畫，為日本水墨畫大師。

9 利休（一五二二—一五九一）：安土桃山時代茶人，為千家流茶道之祖。因觸怒豐臣秀吉而切腹自殺。千家流後來分為表千家與裡千家二派，至今仍在。

10 《論語・里仁》：「子曰：『吾道一以貫之。』……曾子曰：『夫子之道，忠恕而已矣。』」各人皆有一以貫之之道，而芭蕉之所謂道，蓋指風雅而言。

客舍山茶花開

一宿又過一宿[15]

此岩城人名長太郎者之所附脇句也。在其角[16]家為我餞行。

時值寒冬

來春吉野賞花

有句相贈[17]

此句露霑公[18]之所賜也。於是舊雨新知、俳諧門人等，或攜詩歌文章來訪，或包草鞋之資，以示餞別之意。古人所謂三月聚糧[19]，今則不

---

11 法則自然而以春夏秋冬為友。

12 夷狄禽獸之語，典出《禮記・曲禮上》：「鸚鵡能言，不離飛鳥；猩猩能言，不離禽獸。今人而無禮，雖能言，不亦禽獸之心乎？」松永貞德（一五七一－一六五三）在《戴恩記》論和歌，云：「人變而為夷狄，再變而為禽獸。」芭蕉衍其意以論俳諧。

13 神無月：陰曆十月之雅稱。在此指貞享四年（一六八七）十月。

14 原文：「旅人と 我名よばれん 初しぐれ。」〈十月十一日餞別會〉連句之發句，芭蕉所作。連眾有其角、嵐雪、由之等十人，完成世吉（四十四句）一卷。

15 原文：「又山茶花を 宿やどにして。」井手長太郎（俳號由之），所附上句之脇句。

16 其角：蕉門，詳見〈伊勢紀行跋〉，注3，頁三九。

17 原文：「時は冬 よし野をこめん 旅のつと。」

18 露霑：俳人，岩城平（今福島縣平市）城主內藤義泰（俳號風虎）之子，名義英。早年退隱，為宗因門下。後立露霑門。享保十八年（一七三三）歿，七十九歲。

19 三月聚糧：《莊子・逍遙遊》：「適千里者，三月聚

勞而備。紙衣棉襖等物、帽子布襪之類，各隨心意送來，樣樣齊全；所以免我路上霜凍雪虐之憂也。或浮舟水上，或設宴別墅，或攜酒肴來庵，無非祝我一路平安。其依依難捨之情，彷彿奉送某某要人之啟程，不免小題大作耳。

所謂紀行日記之類，紀氏、長明、阿佛尼[20]，能振其筆以盡其情。其後諸作皆形似耳，難脫窠臼而創新；況淺學無才之拙筆乎？不可及也。例如：「其日下雨，午間放晴。彼處有松，稍遠處有流水，名某川。」一如此文章，似乎人人均能寫之。是以若非黃奇蘇新之類[21]，

糧。」參〈野曝紀行〉，注2，頁一一三。

20 紀貫之（?—九四五）：平安前期歌人，三十六歌仙之一。奉敕撰《古今和歌集》，所著《土佐日記》為日本日記文學之先驅。

21 典出傳陳師道《後山詩話》：「王介甫（安石）以工，蘇子瞻（軾）以新，黃魯直（庭堅）以奇。」（亦見引於《苕溪漁隱叢話》、《詩人玉屑》等處）。芭蕉在此強調文章必須出奇創新，不可陳陳相因也。

則請免開尊口。然處處風景縈繞於心，揮之不去；夜宿山館野亭愁苦之狀，亦且可供談助。可謂隨風雲而入自然之心跡。乃將尚未忘懷者種種，無論先後，湊集成篇。猶如醉漢之妄語、視同睡者之夢囈，孤妄聽之可也。

夜宿鳴海

請來星崎

分享星夜幽趣

千鳥齊鳴[22]

飛鳥井雅章[23]公曾在此住宿，詠歌一首：「今日猶在此，京師

22 原文：「星崎（ほしざき）の 闇（やみ）を見（み）よとや 啼千鳥（なくちどり）。」鳴海：今名古屋市綠區鳴海町。當地釀酒屋主下里知足為蕉門，芭蕉借住於此。星崎在鳴海西北約二公里，今名古屋市南區星崎町，古來千鳥觀賞地。千鳥或作鴴，見〈野曝紀行〉，注61，頁一三五。

23 京都貴族歌人，官位至從一位權大納言。延保七年（一六七九）歿，六十九歲。

24 原文：「けふは猶 都も遠く 鳴海潟 はるけき海を 中にへだてて。」

25 原文：「京（きやう）までは まだ中空（なかぞら）や 雪（ゆき）の雲（も）。」按：雅章之歌作於離京路上，反之，芭蕉之句寫在赴京途中。

26 杜國：芭蕉愛徒，見〈示權七〉，注2，頁五五；〈嵯峨日記〉，注77，頁二二二；並參〈虛栗跋〉，注2，頁二五。越人：蕉門十哲之一，越後國人，常住名古屋。詳見〈送越人〉，及注2，頁六七。

27 吉田：今愛知縣豐橋市。舊東海道驛站之一。

漸沼遙。鳴海潟上望，隔海幾重濤。」[24]且親自手書之以贈居停，云云。

前往京城
遲遲仍在半路
雲有雪意[25]

三河國有名為保美之處，杜國隱居於此。欲訪之，乃邀越人[26]同行。自鳴海折返二十五里，其夜宿吉田[27]。

寒夜淒清
兩人同床共被

心心相連[28]

天津繩手田中有一小徑[29]。風自海上吹來，寒氣凜然。

冬陽冷峭
照著孤獨人影
凍在馬上[30]

自保美村至伊良古崎[31]，約一里許。實為三河國伸出之半島，與伊勢隔海相對，而萬葉集竟列之為伊勢名勝。在此海濱可拾碁石貝[32]，世稱伊良古白。骨山者，獵鷹勝地也[33]。自南海之涯飛來，此為其初

28 原文：「寒けれど 二人寐る夜ぞ 頼もしき。」
29 天津繩手：地名，今愛知縣渥美半島沿海地區。繩手為畷之當字，即田間畦道或田埂。
30 原文：「冬の日や 馬上に氷る 影法師。」
31 伊良古：或作伊良虞、伊良胡，今多作伊良湖，在愛知縣渥美半島西端。自伊勢志摩半島遙望，則如一小島。《萬葉集》卷一有歌題云：「麻續王流放伊勢國伊良虞島。」誤以為伊良古屬於伊勢國。
32 碁石：圍棋所用棋子，可用貝殼雕之。
33 骨山：小丘陵，在伊良湖神社後方海邊，怪石嶙峋，鷹鷲所棲。
34 例如西行，曾在此地詠歌云：「巣鷹渡る 伊良胡が崎を 疑ひて なを木に帰る 山帰りかな（幼鷹乘風起，試渡伊良崎。母鷹固疑惑，還歸山木棲）。」（《山家集》）
35 原文：「鷹一つ 見付けてうれし いらご崎。」
36 原文：「磨なをす 鏡も清し 雪の花。」芭蕉曾於貞享元年（一六八四）初冬，參拜熱田神宮。當時神宮年久失修，殘敗不堪。見〈野曝紀行〉，並參注63，頁一三六。神宮之修復，貞享三年（一六八六）四月動工，七月完

歇之處云。因憶古人有伊良古鷹之歌[34]，不覺興味盎然。

妙哉可喜
忽見一鷹飛起
伊良古崎[35]

熱田修復
磨光鏡子
聖潔肅穆澄明
雪花飄映[36]

蓬左[37]人人相迎，乃停留，稍事休息。

箱根山路

成。故此次芭蕉所見，煥然一新矣。

37　蓬左：熱田神宮又稱蓬萊宮，其西（左）自熱田至名古屋一帶，泛稱蓬左。

今朝有人穿越
雪其紛霏[38]

某家聚會

紙衣起皺
拉平皺紋穿上
賞月去也[39]

來賞雪去
滾在雪上滾到
不動為止[40]

某人吟會

尋覓幽香
終在庫藏簷前
看到梅花[41]

---

38 原文：「箱根こす 人も有らし 今朝の雪。」感居停之安而思箱跟山路之危也。此句為聽雪亭歌仙之發句。

39 原文：「ためつけて 雪見にまかる かみこ哉。」名古屋昌碧亭歌仙之發句。紙衣：見〈紙衾記〉，注1，頁七九。

40 原文：「いざ行む 雪見にころぶ 所まで。」名古屋風月堂夕道亭連句會發句。

41 原文：「香を探る 梅に蔵見る 軒端哉。」某人，俳號防川。梅花喻人之高潔；有庫藏之家喻富裕商人。

42 歌仙：連句三十六句為歌仙，連續書在二張懷紙（詩箋）上；一折即半歌仙，十八句，寫在一張懷紙上。

43 師走：陰曆十二月之雅稱。臘月。

44 原文：「旅寐して みしやうき世の 煤はらひ。」江戸時代之習俗，十二月十三日行歲末大掃除，以迎新年，謂之掃煤。

45 傳西行歌：「桑名より 食はで來ぬれば 星川の 朝明は過ぎぬ 日永なりけり（若從桑名里，空著肚子來，星川早到晚，遲遲日永徊）。」（《古今夷曲集》）因而有日永之名，今三重縣四日市市日永。

46 杖突坂：意譯拄杖坡。參〈杖突坡落馬〉，頁五七，註5。

在此期間，美濃國大垣、岐阜等地好俳諧者繼踵來訪，吟成歌仙或一折者[42]，不止一次。過師走[43]十日，離名古屋，首途返回故里。

雲遊羈旅
忽見人間匆忙
掃煤日子[44]

自桑名來到日永里[45]後，雇馬欲登杖突坡[46]，馬鞍鬆脫，人亦落馬。

若是徒步
拄杖走拄杖坡

豈至落馬[47]

尷尬之餘，隨興詠之之作，竟未顧及季語。

回到故居
手摸臍帶潸然
又逢歲暮[48]

除夕，依依送舊歲，飲酒至深夜，元旦竟日睡眠。

新年初二
別再疏忽大意
伴花迎春[49]

---

47 原文：「徒歩ならば 杖つき坂を 落馬哉。」參〈杖突坂落馬〉，已見頁五七。

48 原文：「舊里や 臍の緒に泣く 年の暮れ。」日本有保存嬰兒臍帶之俗。

49 原文：「二日にも ぬかりはせじな 花の春。」元旦昏睡終日，錯失迎春，但初二迎之，花開依然，並無不可也。

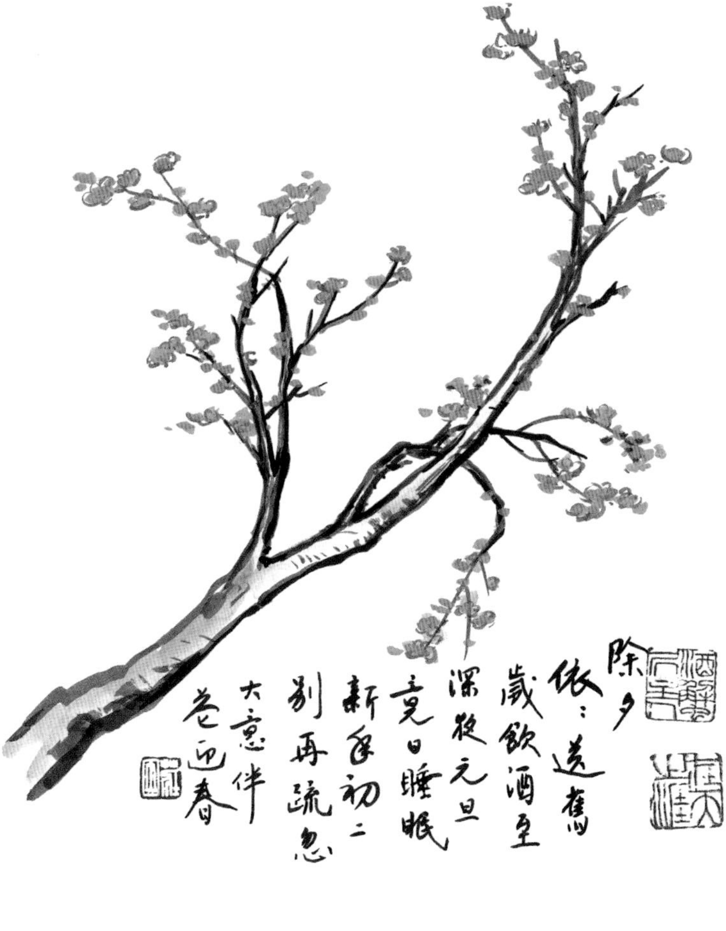
除夕
依依送舊
歲飲酒至
深夜元旦
竟日睡眠
新年初二
別再疏忽
大意伴
爸迎春

初春

立春以來
只過九日光景
春滿山野[50]

枯草坪上
終於冒出陽炎
一二寸高[51]

伊賀國阿波莊有俊乘上人[52]遺跡，謂之護峰山新大佛寺[53]。唯有其名，淹留千載。伽藍破而留礎石，坊舍毀而變田園。丈六佛像[54]埋於苔綠，但見其頂，可膜拜耳。上人畫像則保存完整，誠乃古昔遺

50 原文：「春立て まだ九日の 野山哉。」或題〈於風麥亭〉。風麥，伊賀藤堂藩士小川次郎兵衛政任。句謂：故鄉初九，滿山遍野，洋溢早春情趣。

51 原文：「枯芝や ややかげろふの 一二寸。」陽炎，佛家語，指初春原野在日光下浮遊閃爍之塵氣，又名浮絲、野馬等。詳見〈曠野集序〉，注10，頁七〇。

52 今三重縣阿山郡大山田村。俊乘上人：鎌倉時代高僧俊乘坊重源。有協助重建東大寺之功。建永元年（一二〇六）歿，八十六歲。

53 護峰山：或稱御寶山、護邦山、神龍寺。創建於鎌倉時代建仁二年（一二〇二）。寬永十二年（一六三五）五月，為山崩所毀，幾被埋沒。

54 丈六：一丈六尺高大佛像。亦以泛稱佛像之高於一丈者。

55 蓮花臺上置大佛，獅子座上置蓮花臺。獅子座謂其周圍雕獅子等猛獸也。

56 雙林：典出佛教故事。據經疏記載，釋尊在沙羅林涅槃時，其臥床四隅各有同根成雙之婆羅樹，因悲傷而慘然變白，枝葉、花果、皮幹，皆爆裂墮落，逐漸枯萎。

57 原文：「丈六に かげろふ高し 石の上。」或題〈阿波大

物無疑，為之熱淚盈眶矣。石雕蓮華臺、獅子座[55]等，堆在蓬茸葎草間，彷彿雙林枯萎之跡[56]。

丈六佛像
陽炎高高升起
石蓮座上[57]

回憶往事
種種一一湧現
面向櫻花[58]

伊勢山田
不知甚麼
樹上開花飄來
陣陣幽香[59]

佛〉。以陽炎之上升想像原來石臺上佛像之高。

58 原文：「さまざまの 事おもひ出す 櫻かな。」又題〈同年春在故主蟬吟公庭前〉。《芭蕉句集》有小序（前書）：「承探丸君邀至別墅賞花，不勝今昔之感。」按：芭蕉曾仕探丸（藤堂良長）之父蟬吟（藤堂良忠）為侍讀。蟬吟病故於寛文六年（一六六六），探丸尚在襁褓中，今年已二十三歲矣。

59 原文：「何の木の 花とはしらず 匂哉。」伊勢山田指伊勢市內，有外宮豐受大神宮。幽香，蓋以花香喻自神宮飄來之神秘香氣。

裸裎尚早
還在添衣月份
寒風淒切60
菩提山
掘芋老翁
請講山寺滄桑
悲愴往事61
逢龍尚舍
同物異名
先問蘆葦嫩葉
此地稱呼62
會網代民部雪堂
老梅樹上
猶有嫁接梅枝

60 原文：「裸には まだ衣更着の 嵐哉。」或題〈二月十七日出神路山〉。據傳為西行所撰《撰集抄》，略云：昔增賀上人，單獨詣拜大神宮，夢中受到神示：如欲修道，必須捨棄名利。醒後，脫衣與乞丐，裸身離去。添衣月：原文「衣更着」，指陰曆二月，天氣尚寒，仍須添衣。

61 原文：「此山の かなしさ告よ 野老掘。」菩提山神宮寺，屬真言宗，在伊勢中村町。僧行基開山，西行谷即在附近。芭蕉訪尋時，寺已荒廢。原文「野老掘」，謂挖掘山芋之人。

62 原文：「物の名を 先とふ蘆の わか葉哉。」龍尚舍：全名龍野傳右衛門熙近，號尚舍、道但。伊勢神宮神官，國學家。元祿六年（一六九三）歿，享年七十八。南北朝連歌師救濟法師（一二八四—一三七八）歌：「草の名も 所によりて かはるなり 難波の蘆は 伊勢の濱荻（各地花草木，名異不為奇。難波之蘆葦，伊勢稱濱荻）。」《菟玖波集》芭蕉此句，蓋依此歌而作。參〈伊勢紀行跋〉，注9，頁四〇。

63 原文：「梅の木に 猶やどり木や 梅の花。」網代民部指足代弘氏，神官，談林派歌人。雪堂為其子弘員，俳號胡

梅花又開[63]
草庵會
園裡種芋
門前蔓草叢生
嫩葉搖晃[64]

神苑內不見梅花。問之於神官等人：何以無梅？則答曰：並無特殊緣由，自然而然，未有梅樹。又承相告曰：但在子良館[65]後有一株云。

子良館後
唯有一株梅花
孤芳自得[66]

來。句謂：雪堂如梅樹之接枝，繼承其父之風雅也。

64 原文：「いも植て 門は葎の わか葉哉。」伊勢市大江寺有草庵，名二乘寺。芋與葎喻隱士起居飲食之環境，簡單樸素，親近自然。

65 子良：在伊勢神宮中侍奉之少女，安排神樂、神饌等事。其住處謂子良館。

66 原文：「御子良子の 一もとゆかし 梅の花。」以梅花喻子良之清高雅潔。

神宮苑中
居然有緣禮拜
涅槃佛像[67]

彌生[68]已過其半，無端起興，心花頓開，而神馳吉野之櫻矣。前在伊良古崎約定之人[69]，已來伊勢相迎，願共羈旅之愁；且權當童僕，助我路上煩勞。乃自稱萬菊丸，果如童僕之名，妙趣盎然。動身出門之際，即於笠背戲書云：「乾坤無住，同行二人。」[70]

吉野山上

67 原文：「神垣（かみがき）や　おもひもかけず　涅槃像（ねはんざう）。」或題〈十五日在外宮館中〉。二月十五日為釋迦入滅日，各寺院行涅槃會，揭涅槃圖，供人禮拜。句意蓋謂：居然在神宮中，不意有緣禮拜涅槃圖。按：在江戶時代，已有「唯一神道」之主張，排斥神佛混合之舊習，故芭蕉頗感意外，而為之驚喜不置也。參〈幻住庵記〉，注5，頁八六。

68 彌生：陰曆三月雅稱。在此特指三月十九日，芭蕉動身前往吉野山。

69 指芭蕉愛徒杜國，詳上注26，又〈示權七〉，注2，頁五五。

70 巡禮僧或行腳僧出門時，在斗笠裡面所寫文句。原指佛與自己二人，在此芭蕉用以指自己與杜國師徒二人。意謂：雲遊天地間，居無定所，兩人同行同止耳。

彌生已過其
半無端起興
心卷頓開而
神馳吉野之
櫻矣

讓你觀賞櫻花
檜木斗笠[71]

吉野山上
我也讓你賞櫻
檜木斗笠[72]
萬菊丸

旅途行李繁多，難於負荷之物，皆已捨棄，然而，代用寢具紙衣[73]一襲、防雨斗篷、硯、筆、紙、藥，又有飯盒等，捆成一包，負之於背。原已孱羸之身，欲前則踣後，更蹇促難行矣。唯有憂上加愁而已。

71 原文：「よし野にて 櫻見せふぞ 檜の木笠。」檜木笠：以檜木薄片編成之斗笠。原文無「你」字，此句為招呼式，而招呼對象顯然是檜木笠，姑且加你字譯之。下面萬菊丸之句法亦同。
72 原文：「よし野にて 我も見せふぞ 檜の木笠。」
73 紙衣：旅行時當被褥禦寒，又稱紙衾。看〈紙衾記〉及注1，頁七九。按：古時借宿驛站或民家，寢具等物須自備。
74 原文：「草臥て 宿かる比や 藤の花。」白居易〈三月三十日題慈恩寺〉：「惆悵春歸留不得，紫藤花下漸黃昏。」忽覺春將去也。
75 初瀨：在今奈良縣櫻井市，有初瀨（或作長谷、泊瀨）寺，真言宗，觀音信仰重要道場。在古典文學作品中，如《源氏物語》、《枕草子》、《平家物語》、《撰集抄》等，各有僧俗掛搭或閉居長谷寺時所發生之戀情、重逢、神佑等故事。
76 原文：「春の夜や 籠リ人ゆかし 堂の隅。」
77 原文：「足駄はく 僧も見えたり 花の雨。」
78 葛城山：在今大阪府與奈良縣境，金剛山之北，修驗道道場。修驗道為日本真言宗密教一支派，開山祖師役行者，

身心疲軟
正值投宿時分
忽見藤花[74]

初瀨[75]

春宵遲遲
有人隱身堂隅
春意陶然[76]

也可看到
僧穿高腳木屐
雨中花落[77]
萬菊

葛城山[78]

仍想看看
晨花開時離去

又名役小角，是一傳奇神秘人物。

神明面貌79

三輪

多武峰80

臍嶺（多武峰往龍門之道也）

駐步嶺上
雲雀隔空傳來
其鳴嚶嚶81

龍門

龍門有花
摘下送與酒仙
當伴手禮82
想告酒友
吉野龍門瀑布

---

79 原文：「猶みたし 花に明行 神の顔。」傳說云：葛城山一言主神，曾受役行者之命，在葛城山與吉野山之間築一石橋，以便往來。一言主神自嫌容貌醜陋，不願曝日，所以僅在夜間築橋鋪路，天明即離去，無人曾見其長相，云云（見《今昔物語集》卷十等處）。唯芭蕉好奇，仍想在櫻花盛開時節，有緣在晨間一見其真正面目也。

80 三輪、多武峰：有題（地名）而無句。皆在櫻井市附近。三輪即三輪山，山上有三輪神社。

81 原文：「雲雀より 空にやすらふ 峠かな。」臍嶺：或作細峠。句謂：在嶺上聽雲雀叫聲自嶺下傳來，充滿虛空之中。

82 原文：「龍門の 花や上戸の 土産にせん。」中國有龍門，李白有詩云：「黃河西來決崑崙，咆哮萬里觸龍門。」（〈公無渡河〉）日本有龍門瀧（瀑布），在今奈良縣吉野郡龍門山麓。李白嗜酒，有酒仙之稱；芭蕉亦常吟杯中物。原文之「上戶」即好酒之人、酒豪，指酒仙李白。

83 原文：「酒のみに 語らんかかる 瀧の花。」上五之酒友（酒のみ），亦指李白。

花也很美[83]
西河
翩翩飛舞
棣堂花落紛紛
湍流伴奏[84]
蜻螟瀧。布留瀧在距布留宮二十五町之深山中。步引瀧在津幾田川上。箕面瀧在往勝尾寺路上[85]。

櫻
遊覽櫻花
日日賞心悅目
五里六里[86]

84 原文：「ほろほろと 山吹(やまぶき)ちるか 瀧(たき)の音(おと)。」西河瀧在今奈良縣吉野郡川上村，為一段湍流。紀貫之：「吉野川岸の山吹 吹く風に 底の影さへ 移つろひにけり（吉野川岸上，棣棠落花飛。花飛映水底，隨波影徘徊）。」（《古今和歌集・春歌下》）

85 以上所列舉諸「瀧」，乃芭蕉所經過之瀑布之名，但未附文或句。

86 原文：「櫻(さくら)がり きどくや日々(ひび)に 五里六里(ごりろくり)。」

白晝賞櫻
垂暮空山寂寂
翌檜幽幽[87]

扇以斟酒
樹蔭底下作戲
櫻花飄零[88]

苔清水
春雨淅瀝
宛延枝幹而下
清水滴滴[89]

在吉野山上，承櫻花挽留三日。每對曙色與黃昏之景，遙望清晨殘月，則興會泉湧，胸次欲塞。

---

87 原文：「日は花に 暮てさびしや あすならふ。」下五「あすならふ」即「あしなろ」，漢字詞作明日檜、翌檜，意謂「明（翌）日可變成檜」之樹也。或稱羅漢柏，日本原產，高海拔常綠喬木，高可三十公尺。樹姿優美，可供觀賞；木材可供建築及製器之用。

88 原文：「扇にて 酒くむかげや ちる櫻。」模仿能劇用扇喝酒之象徵動作，以助賞花之興。

89 原文：「春雨の こしたにつたふ 清水かな。」苔清水：指西行上人草庵附近之泉水，詳〈野曝紀行〉，及其注46，頁一三二。

90 鎌倉前期歌人藤原良經（一一六七—一二〇六）：「昔たれ かかる櫻の 種をうゑて 吉野をはなの 山となしけむ（昔日誰好事，種櫻在人間；如今吉野地，變成賞花山）。」（《新敕撰和歌集・春上》）

91 西行：「吉野山 こぞの枝折の 道かへて まだ見ぬ方の 花をたずねむ（報告吉野山，改變去年路，今年想探詢，尚未賞花處）。」（《新古今和歌集・春上》）按：原文枝折（しをり）一詞，未能譯出，指沿路折枝為標誌，以免迷路。陶淵明〈桃花源記〉：「便扶向路，處處志

或憶攝政公之歌[90]而魂銷，或迷失於西行之折枝標記[91]，或歎賞貞室「這是這是」即興之句[92]，但覺我欲言而無辭，不能成詠，頗以為憾耳。雖有振奮風雅之志，至此而興會盡失矣。

高野

父兮母兮
孺慕切切我悲
野雞啼聲[93]

奥院花落
頭結俗人髮髻
臉有愧色[94]

萬菊

之。」

92 安原貞室（一六一〇—一六七三）：江戶前期俳人。有句云：「これはこれは とばかり春(はる)の よしの山（這是這是 這就是這就是 春日吉野）。」

93 原文：「ちちはは の しきりに戀(こひ)し 雉(きじ)の聲(こゑ)。」高野：今和歌縣伊都郡高野町。周圍有楊柳山、陣峰、辨天岳等高山，中有山間平地，總稱高野山。空海創建金剛峰寺於此（八一六），為日本真言密教總本山主道場。傳奈良時代高僧行基菩薩（六六八—七四九）之歌：「山の鳥 ほろほろと鳴く 聲聞けば 父かとぞ思ふ 母かとぞ思ふ（山上雉雞聲，啾啾鳴不停，聲聲何悲切，思父念母情）。」（《玉葉和歌集》卷十九）

94 原文：「ちる花(ばな)に たぶさはづかし 奥(おく)の院(いん)。」萬菊（杜國）身為俗人而陪侍其師入遊佛教聖地，自覺俗不可耐也。

一路追
趕追
到和歌
海浦
趕上
暮春

和歌浦

一路追趕
追到和歌海浦
趕上暮春[95]

紀三井寺[96]

腳跟受傷，想起西行天龍渡之遭遇[97]；欲雇馬時，則浮現高僧墮馬罵人之故事[98]。對山野海濱景色之美，乃見造化之功德；或追無依道人[99]之跡，或觀文人風雅之實[100]。又，若棄所棲之家，則無器物之需；路上雙手空空如也，則無遭搶之慮。捨肩輿而闊步代之，則晚餐粗菜勝於魚肉之香。無行程宿處之

95 原文：「行春(ゆくはる)に わかの浦(うら)にて 追付(おひつき)たり。」和歌浦：在今和歌市歌浦町一帶。東聳名草山，西北有小島妹背山。島上有鹽竈神社、東照宮、天滿宮等寺廟。風光明媚，名古歌枕。句謂：今年三月，經吉野、高野等地，一路追春，終於追到和歌浦，飽嘗暮春景色。

96 有題無句。紀三井寺，即金剛寶寺護國院，在和歌浦東岸。

97 西行法師在天龍川渡頭乘船，因為人多超載，被船家拖下船，捱打流血。西行不以為意，竟謂此亦佛家修行之道。事見《西行物語》。

98 高野證空上人，傳不詳，騎馬過小徑，遇到有婦人騎馬自對面來。上人閃避不及，連馬掉入水溝中。上人大怒，斥責對方馬夫侮辱比丘。旋即自我反省，羞愧不已，乃騎馬折返逃去。事見《徒然草》一〇六段。

99 無依：佛之基本教義，謂無執無著、無根無本、無住無處，自在自由。唐禪僧臨濟義玄《臨濟語錄》：「唯有聽法無依道人，是諸佛之母。所以佛從無依生。」

100 風雅之實：蓋指芭蕉俳諧「不易流行」說之「誠」。「師之風雅有萬代不易者，有一時變化者。究此二者，其本

限，無晨起動身之時。一日僅有二小願：盼今宵借住安好，求草鞋大小適足。所願如此而已。氣象時時在變，情致日日又新。若有緣邂逅稍解風雅之士，則大喜過望矣。有平日酷似冬烘，冥頑不化，令人敬而遠之之徒，充當僻鄉嚮導時，卻成交談良伴。或在荒蕪蓬蓽中，偶逢風雅之士，則彷彿在瓦石堆拾玉，在泥坑中得金。歡欣雀躍之餘，每欲書諸文句，或告諸友生。此亦旅遊之一樂也。

更衣[101]
脫下一件

一也。所謂一者風雅之誠也。」（土芳〈三冊子・赤雙紙〉）

101 原文：「一つぬひて後に負ぬ衣がへ。」更衣，原文作衣更。江戶時代，陰曆四月初一為更衣日，脫下棉袍，改穿夾衣，以送春迎夏。

102 原文：「吉野出て布子賣たし衣がえ。」句意：更衣日後，換下棉衣負在背上；有意賣掉，以便減輕負擔。

103 灌佛日：陰曆四月八日，亦稱浴佛節，釋迦誕辰。是日諸寺院設小堂，飾之以花草，謂之花堂。置誕生佛小立像，以香料浸水從頭灌洗之之儀式。

104 原文：「灌佛の日に生れあふ鹿の子哉。」鹿有佛緣。釋迦成道後，便在鹿野苑說法，並收弟子。《雜阿含經》二十三：「此處仙人園鹿野苑，如來於中為五比丘三轉十二行法輪。」

增加背上行李
且過更衣

離開吉野
想賣笨重棉袍
更衣日後[102]

萬菊

灌佛日[103]，在奈良處處禮佛，偶見有鹿產子。與佛同日生，有趣有趣。

灌佛聖誕
佳節母鹿生子
與佛同日[104]

招提寺鑑真和尚[105]航來日本時，凌駕海上七十餘難，潮風傷眼，終至失明。合十拜其尊像。

願以新葉
拭去和尚眼下
淚痕迷離[106]

辭別奈良舊友。

鹿茸春生
節節分杈開去
別矣老友[107]

在大坂某人家。

105 鑑真（六八八—七六三）：唐揚州江陽縣人。應日本留學僧之邀，五十五歲時決定赴日。經過十一年多次航海失敗，終於在天平勝寶六年（七五四）抵奈良。時雙眼已失明。天平寶字三年（七五九）建立唐招提寺，成為日本律宗開山之祖。其失明雕像仍供在該寺開山堂中。

106 原文：「若葉して 御眼の雫 ぬぐはばや。」中七之雫，原意水滴，可喻淚水。句之上五，另有一說：新葉（若葉）只是設景，與拭淚無關。

107 原文：「鹿の角 先一節の わかれかな。」奈良舊友指俳人猿雖、卓袋、梅軒等人。春夏之交，鹿角初長，節節分杈，以喻人間分離。

108 原文：「杜若 語るも旅の ひとつ哉。」大坂某人，指俳人保川一笑。杜若，典出《伊勢物語》九段：在三河國八橋，澤中杜若盛開，有人提議以杜若為題詠羈旅之情。按：杜若，自古本體難明。在日本，或指燕子花或野薑，莖高一尺餘，夏日開白色小花。

109 原文：「月はあれど 留主のやう也 須磨の夏。」芭蕉於四月十九日自尼崎乘船，在兵庫一宿，翌日抵須磨。按：自《源氏物語》以來，日本文人雅士所寫須磨，皆以秋景為主，故夏日來此賞月，難起思古之幽情，如同主人不在

杜若當前
旅次談杜若事
不亦樂乎[108]

　須磨
天上有月
彷彿主人不在
須磨之夏[109]

明月在天
賞來不能盡興
須磨之夏[110]

卯月中旬，空中春意依然。短夜易曉，殘月分外淒豔。山上新葉

家，不能盡興也。

110 原文：「月見(つきみ)ても物(もの)たらはずや須磨(すま)の夏(はな)。」句意如上句。

轉濃。東方既白，杜鵑始鳴。曙色自海上染來，靠近山邊，麥穗一片赤芒；漁夫之家，簷前處處，可見芥子開花。

黎明即起
漁翁臉上映現
白芥子花[111]

此地分為東須磨、西須磨、濱須磨三處，居民不知作何營生。古有「滴滴藻鹽水」之歌[112]，今卻不見任何採鹽人。有撒網撈白丁魚[113]者，隨意曝曬於沙灘，烏鴉飛來掠取而去。漁夫忿恨，以弓箭嚇之，

111 原文：「海士の顔 先見らるるや けしの花。」以芥子花之白對照漁翁曬黑之臉色。
112 在原行平（八一八—八九三）寄宮中友人之歌：「わくらばに 問ふ人あらば 須磨の浦に 藻鹽たれつつ 侘ぶと答えよ（有人若問起，請代為作答：滴滴藻鹽水，寂寂渡生涯）。」（《古今和歌集・雜下》）行平為平安前期之歌人官僚，官至中納言。作此歌時流寓須磨。按：藻鹽即從海藻所取之鹽。據說其取法：先以海水澆海藻，重複澆之。然後曬乾而燒之成灰，又以海水溶之，藻灰沉澱，取其表面澄水煮之，乾而成鹽。
113 白丁魚：原文きすご，同きす（鱚），或以為鼠頭魚之類。
114 芭蕉所思之古，指源氏與平家一谷之戰（一一八四），源氏大勝，為平家覆滅前兆。詳《平家物語》卷九。
115 鐵拐峰：在今神戶市須磨區，其東南麓有一谷，北有鵯越。據考證，源義經軍自鐵拐山峭崖滑落，突襲平家一谷陣地後方，為源氏致勝關鍵。
116 彼：指源義經滑下山坡、從後突襲一谷城之嚮導熊王，時十八歲。義經為之取名曰鷲尾三郎義久。見《平家物語》

似非漁夫之所應為。若在此古戰場上，仍有玩弄弓箭之舉，則罪孽深重矣。然猶不免思古之幽情[114]，意欲登彼鐵拐峰[115]。年輕嚮導頗有為難之色，一味支吾其辭以避之；爰經多方勸慰，且約在山麓茶屋請客，方得無奈而勉強同行。彼年十六[116]，此童雖小四歲，而當數百丈高山之先導，攀登羊腸曲徑、嶮峒岩嶺；幾次險遭滑落，則緊抓野杜鵑或小竹條；喘噓噓，汗滲滲，終至雲中峰巔。此應歸功於不情不願之導遊也。

須磨漁家

卷九〈老馬〉章。芭蕉謂「彼年十六」，當是誤記或另有所本。

箭搭彎弓射出
郭公啼聲 117

郭公飛了
沒入前方海上
一座小島 118

須磨寺裡
傾聽有人吹笛
在樹蔭下 119

明石夜泊

蛸壺裡面
章魚且做幻夢
海映夏月 120

117 原文：「須磨(すま)のあまの 矢先(やさき)に鳴(なく)か 郭公(ほととぎす)。」此句與上文所述漁夫以箭嚇鳥之事，前後呼應。郭公：布穀鳥。日文常與杜鵑混用，均讀ほととぎす。

118 原文：「ほととぎす 消行方(きえゆくかた)や 島一(しまひと)つ。」下五之島指淡路島。

119 原文：「須磨寺(すまでら)や ふかぬ笛(ふえ)きく 木下(こした)やみ。」須磨寺是福祥寺之通稱，在今神戶市須磨區須磨寺町。相傳平敦盛死於一谷會戰之前所吹笛子，即藏在該寺。句謂在寺中樹蔭下，彷彿仍可聽到敦盛吹笛之聲也。按：敦盛之死，《平家物語》卷九有專章〈敦盛之死〉敘其事，後來亦被改編成謠曲〈敦盛〉。其出戰時所攜笛子名小枝（或青葉）。

120 原文：「蛸壺(たこつぼ)や はかなき夢(ゆめ)を 夏(なつ)の月(つき)。」蛸壺為日造漢語詞，謂沉置海底以捕章魚之壺狀陶器。日文借蛸為鮹，即章魚、墨魚、海蛸子之類。章魚一陷蛸壺中，不能再出，只能作短暫無常之夢耳。

121 《源氏物語・須磨》：「須磨秋風瑟瑟，惱人尤甚。（居處）雖離海稍遠，而行平中納言所詠吹度關山之海潮聲，則夜夜彷彿近在耳邊，別具一番哀愁情趣，即此地之秋

古書云：「即此地之秋也。」蓋須磨浦之趣以秋為上。悲哀、寂寞之情，難於形容[121]。竊以為若至秋日，或可抒發心中塊壘之一端，殊不知自己心匠已盡[122]，力有所不逮矣。淡路島清晰可見，須磨、明石之外海，一左一右。吳楚東南坼之景[123]，如臨其境。若有博通之士見之，必可聯想種種情景而比擬之也。

又後方有山，隔山有村落，名田井里，傳為松風、村雨之故鄉[124]。沿山之勢有通往丹波國[125]之路。今則僅留望鉢伏、逆落坂[126]等可怖地名矣。從鐘懸松[127]俯瞰，一

也。」按：行平即在原行平。《伊勢物語》主角在原業平之兄。詳參上注112。

122 心匠：原文漢詞。創作靈感、構思或工夫。白居易〈大巧若拙賦〉：「將務乎心匠之忖度，不在乎手澤之翦拂。」又〈畫鵰贊〉：「想入心匠，寫從筆精。」

123 杜甫〈登岳陽樓〉：「昔聞洞庭水，今上岳陽樓。吳楚東南坼，乾坤日夜浮。」

124 松風、春雨：據謠曲〈松風〉，二人為行平所愛姊妹。其墳墓稱春雨堂，在須磨寺附近。

125 丹波國：今屬京都府中部與兵庫縣東部。

126 望鉢伏：蓋指鐵拐峰上可望鉢伏山之處。逆落坂：源義經率騎兵突襲一谷時，從陣後滑落之懸崖。詳見《平家物語》卷九〈馳馬懸崖〉章。

127 鐘懸松：傳說在鐵拐峰半山，源義經懸吊陣鐘之松樹。

谷內裡宮室[128]之跡，便在眼前下方。遙想當年之鏖戰、其時之吶喊，一一浮現心目之中：二位尼君懷抱皇子而沉海[129]之情、女院衣裾絆腳[130]而踉蹌返回船艙之狀；內侍、局、女孺、曹子[131]之輩，苦於收拾諸多用具而手足無措：忙以被褥包藏古琴琵琶而投入艙房；御膳倒入海中而變成魚類之食；梳妝粉盒散落處處，或隨波漂流如海藻，漁夫不屑一顧。千歲悲憤鬱結於此浦。白浪滔滔，如訴亙古綿綿不絕之恨。

128 一谷內裡：指第八十一代安德天皇（在位一一八〇—一一八五）。治承四年六月遷都福原時所住簡單宮殿，芭蕉當時所見者僅剩防波堤之跡。

129 二位尼君：平清盛之妻從二位平時子，或稱二位殿，皈依佛門後稱尼君。源平壇浦之戰，平家敗績覆滅，尼君抱幼帝安德天皇（八歲）投海。詳《平家物語》卷十一〈安德帝投海〉章。

130 女院：指建禮門院，平清盛之女、高倉天皇中宮、安德天皇母后。衣裾絆腳者，據《平家物語》卷十一〈能登殿之死〉章，是大納言佐殿，即平重衡之妻藤原輔子，時為內侍司典佐。建禮門院則跳海獲救，送還京都。晚年隱居大原，為《平家物語・灌頂卷》之中心人物。

131 內侍：指內侍司上級女官，或稱侍掌。局：指宮中隔間之高級女官私室，亦指其人。女孺：屬內侍司下級女官，掌掃除、點燈等事務。曹子：又作曹司，指尚未繼承家業之貴族子弟。

更科紀行[1]

思往更科里[2]，賞姨捨山[3]之月。秋風屢催，亂我心曲。適有發願同行共享風雲之情者一人，曰越人[4]。木曾路[5]經深山、涉險阻。荷兮子[6]念我旅次恐有心餘力絀之時，乃送來一童僕為伴。人人雖各盡其心，而於旅宿事況似皆不甚瞭然，故所作所為，前後無序。其手忙腳亂之狀，反覺滑稽可笑。

行至某處，遇一行腳僧，年可六十。其貌不揚，喜怒不形於色。背負行囊，似頗沉重，至於駝背彎

---

1 貞享五年（一六八八），芭蕉四十五歲。八月十一日自信濃國啟程，與門下越人趕往更科姨捨山賞月，如期於十五日抵達。停留四夜五日後，於月底返抵江戶芭蕉庵。

2 更科：或作更級，古信濃國歌枕。在今長野縣更級郡至更埴一帶，賞月勝地。

3 姨捨山：指今長野縣長野盆地北之冠著山。棄老傳說發源地，亦以「田每月」知名於世。按：田每月者，山坡梯田層層所映之月也。棄老傳說有二型：古時，有一國主厭惡老人，下令年過六十歲者，須由晚輩帶至冠著山丟棄。後因國主獲一老母之助，擊敗鄰國侵略，乃廢棄老令。另一說：背老母（或伯母）進山途中，兒子與老母交談，為母愛所感動，因而攜母返家。參〈更科姨捨月〉，注3，頁六二。

4 越人（一六五六—一七三六）：蕉門十哲之一。詳〈送越人〉，注2，頁六七。

腰，氣喘吁吁；跌跌撞撞，搖搖晃晃而來。越人憫之，取其所負行囊，連同吾等攜帶之物，綁成一綑，掛在馬鞍上，並扶我上馬。高山奇峰，堆疊頭上；左側絕壁千尋，谷底有大河[7]；路面無尺地之平，鞍上忐忑難安，佖佖睍睍，無時或已。〔乃下馬，改由童僕騎之。〕[8]

過棧橋[9]、寢覺床[10]，越猿馬場嶺、立嶺[11]等所謂四十八曲[12]。羊腸小道，迂迴九折，如登雲路。徒步前行，目眩魂驚，坎坷多艱；而童僕則絲毫無懼色，人在馬上，困頓入睡，屢屢搖搖欲墜；馬後見

5 木曾路：中仙道（中山道）之一段，自美濃惠那郡，上溯木曾川谷，通往信濃筑摩郡。從馬籠至贄川約二十一里（約八八公里）。

6 荷兮（一六四八—一七一六）：本名山本周知，尾張國人，業醫。蕉門。晚年轉為連歌師。參〈曠野集序〉，注3，頁六九。

7 大河：指木曾川。源出長野縣中部鉢盛山，經木曾峽谷與濃尾平原，注入伊勢灣。長約二二七公里。為灌溉、發電之重要水資源。

8 通行本無此句，注家多依梅仁本、杉風本等本補之。

9 棧橋：同棧道。在今長野縣西筑摩郡上松町與福島町之間，長約一百公尺。在此為專有名詞。

10 寢覺床：木曾川激流中一巨大花崗岩，木曾路勝景之一。在上松町，又稱上松町寢覺。

11 猿馬場嶺：嶺原文作峠。自長野縣東筑摩郡麻積村至更埴八幡之坡道。立嶺：東筑摩郡四賀村會田通本城村之坡道。按路順，立嶺應在猿馬場嶺之前。

之，險象連連，不覺為之汗流霑背矣。然而，佛祖慈悲為懷，其諦觀眾生憂患浮生[13]，亦應心同此理。爰乃反求諸己無常迅速之身，纔悟阿波鳴戶風浪之微不足道也[14]。

夜宿民家，回味日間所欲咏之景，亦有起草而未完之句，乃取出筆墨盒，燈下閉目凝思，垂頭呻吟。彼行腳僧誤以為我羈旅心憂，即過來相勸慰。自謂弱年以來，巡迴諸山各地，參拜阿彌佗佛，慈悲莊嚴，冥加無限；且敘其所遇神奇不可思議之事，滔滔不絕，以致妨我風雅之趣，竟不能成一句。儘管如此，卻在無意中，忽見月光透樹

12 四十八曲：言曲折之多也，當指猿馬場嶺後之路段。

13 憂患浮生：原文うきよ，浮世、憂世雙關詞。

14 阿波：古阿波國，今四國德島縣。其東北角與淡路島間有窄海峽。漲潮時浪濤洶湧雷鳴，故名鳴戶。傳吉田兼好（一二八三？—一三五二）之歌：「世の中を 渡りくらべて 今ぞ知る 阿波の鳴門は 波風もなし（歷遍人間世，方悟浮沉多；阿波鳴戶浪，不能算風波）。」

葉、穿破壁、漏進屋內；偶聞引板聲[15]、追鹿聲，處處破空傳來。因秋心[16]之悲，可謂盡在其中矣。因曰：「噫，如此良夜月，有肴而無酒，可乎？」居停乃出酒杯。其狀比世上常見者大一圍，上有蒔繪[17]，甚樸拙。都會之人必認為不雅而不屑顧之；而我則一時興會，以為勝似玉碗玉杯焉。蓋身在山中，是以有此心地乎？

山宿望月
懸空玉鏡一面
可畫蒔繪[18]

15 引板：原文漢詞，即日文鳴子，設在田間之鳴器，用以驅趕害禽害獸。寺島良安《和漢三才圖會．農具類》：「鳴子，以方尺許板，小竹管列掛板兩面，鉤之圃中，張繩於四方，如鳥雀來時，以繩引之則鳴，而鳥驚去。故名引板，亦名鳴子。」

16 秋心：小野篁〈客舍秋情〉：「物色自堪傷客意，宜將愁字作秋心。」（《和漢朗詠集．秋興》引）

17 蒔繪：在器物上塗漆，又在其上以金粉銀粉作畫，是日本獨特工藝品。

18 原文：「あの中(なか)に 蒔絵書(まきえか)きたし 宿(やど)の月(つき)。」

19 原文：「桟(かけはし)や いのちをからむ つたかづら。」上五之桟道，據《岐蘇（木曾）路記》：「非跨木曾川之橋，山道阻絕而架在崖邊之橋也。右方為木曾川，寬二間、長十間之板橋也。有欄杆。兩旁築石垣。昔為危險之處，今尾州國主改築之為堅固之棧道，已非險橋矣。」

20 原文：「桟(かけはし)や 先(まず)おもひいず 馬(こま)むかへ。」平安時代，每年八月，諸國向宮中貢馬，朝臣迎之於逢坂關。起初在八月十五日，後來改在十六日。鎌倉末期起，僅收信濃國望月馬，故貢馬須由木曾谷經中山道入京。

棧道懸空
命纏崖隙臨危
紅染蔦蔓[19]

走在棧道
首先想起當年
迎接貢馬[20]

霧濃遮眼
霧晴目不暇接
危乎棧道[21]

越人

姨捨山

幻影恍惚
老婦獨自哭泣

21 原文：「霧晴(きりはれ)て棧(かけはし)はめも ふさがれず。」

月娘為友22
十六夜晚
仍在更科姨捨
續賞明月23
更科佳地
賞月連續三夜
晴天一碧24

越人

看女郎花
猶霑濃濃朝露
搖搖欲倒25
吃蘿蔔泥

---

22 原文：「俤や 姨ひとりなく 月の友。」此句與下句（下注23）亦見引於〈更科姨捨月〉，頁六四。

23 原文：「いざよひも まださらしなの 郡哉。」

24 原文：「さらしなや 三よさの月見 雲もなし。」

25 原文：「ひょろひょろと 尚露けしや 女郎花。」中華亦有女郎花，為木蘭、辛夷異名，似與日文所指有別。日文女郎花為秋七草（萩、尾花、葛、撫子、女郎花、藤袴、朝顏）之一，漢名敗醬。《和漢三才圖會・山草》：「女郎花生山麓，高二三尺，莖有稜理而似蒿之莖。……七月出穗開花，最細小，正黃色可愛。」為俳諧喜詠之花，常霑露以喻女人之嬌媚愁容。

26 原文：「身にしみて 大根からし 秋の風。」據說：更科地區有辣蘿蔔，其形小而至辣。中五之辣，亦以喻浮世之苦。

27 原文：「木曽のとち 浮世の人の みやげ哉。」橡實，又名橡栗、橡子、橡果等。古代饑荒時，民間拾而食之。在日本則以拾橡實喻隱居生活。木曽山盛產橡木。中七之浮世中人，指難忘營營於俗世之友人。

28 原文：「送られつ 別つ果は 木曽の秋。」

苦辣伴隨秋風
滲透身心[26]

木曾橡實
送給浮世中人
當伴手禮[27]

幾次被送
幾次告別之後
木曾秋深[28]

善光寺

一月普照
善光四門四宗
只是一如[29]

29 原文：「月影（つきかげ）や 四門四宗（しもんししゅう）も 只一（ただひと）つ。」善光寺在今長野市元善町，全名定額山善光寺。中五之四門，至少有三說：一，悟入實相之有門、空門、亦有空門、非有非空門；二，真言陀羅尼四方位之門，即發心門（東）、修行門（南）、菩提門（西）、涅槃門（北）；三，善光寺四門寺號，即南命山無量寺、北空山雲上寺、不捨淨土寺、定額山善光寺。四宗亦有二解：一，顯、密、禪、戒；二，天台、真言、禪、律四宗。句意蓋謂：善光寺雖有四門四宗之說，而終歸於一，如唯一真如之月也。

吹翻熔岩
悽慘淺間山上
秋颱肆虐[30]

30 原文：「吹きとばす 石はあさまの 野分哉。」中五之淺間，指淺間山，在長野與群馬縣境，為間歇火山。淺間又與「淺し」（悽慘、可憐等）意雙關。

嵯峨日記[1]

元祿四年辛未卯月[2]十八日

遊嵯峨，訪去來落柿舍[3]。凡兆[4]同來，及暮返京。予承挽留，且作盤桓。於是，補貼障子[5]，拔除蕪蔓。舍隅有一房，定為作息之處。置一書几、硯臺、文具箱、白氏文集[6]、本朝一人一首[7]、世繼物語[8]、源氏物語、土佐日記[9]、松葉集[10]。又有唐風泥金五層漆盒，盛之以種種糕果。且備名酒一壺，並附酒杯。寢具、菜肴之屬，皆自京攜來，無所缺。我乃忘貧賤

1 元祿四年（一六九一），芭蕉四十八歲。自四月十八日至五月四日，寄寓京都嵯峨之去來別墅落柿舍。此為當時每日所記之日記。

2 一六九一年陰曆四月。

3 去來：芭蕉弟子，詳〈伊勢紀行跋〉，注4，頁三九。落柿舍為其別墅，在下嵯峨，今京都市右京區嵯峨，與嵐山隔大堰川相對峙，古稱嵯峨野，為皇族、貴族遊獵之地。

4 凡兆：本名野澤允昌（？—一七一四），芭蕉弟子，加賀國人，住京都，業醫。別號加生、阿圭。與去來共編《猿蓑》（《俳諧七部集》之五）。

5 障子：原義屏風。後來在日本，則用以指隔間紙糊拉門。《雍州府志・土產》：「倭俗家宅，……縱橫以細木為骨，貼白紙於外面。……左右便開闔，遮日又防風，是謂障子。」

6 《白氏文集》：即白居易詩文集，於九世紀初（平安初

而樂清閑之趣。

十九日

過午詣臨川寺[11]。大堰川流其前，嵐山聳其右，綿延至松尾里[12]。往來者多詣虛空藏[13]之人。松尾竹林中傳有小督[14]遺址。上下嵯峨[15]共有三處云。不知何處為真跡。有駒留橋在松尾里，傳為仲國停馬處[16]，若以此處為小督逃隱之地，或且可信也。墓在三間屋[17]附近竹林中，植櫻以誌之。誠惶誠恐，生前起臥錦繡綾羅之上，死後終成林中之塵。遙想昭君村之柳、巫女廟之花[18]，不禁思古之幽情矣。

期）傳入日本，對日本古今文學影響極為深遠。

7 《本朝一人一首》（一六六五）：林恕（鵞峯）編，收自七世紀天智天皇以來，日本漢詩作家一人一首，各詩並附以本事與評語。

8 世繼物語：以編年體敘述某特定時代事蹟之書。一般指《榮華物語》或《大鏡》。

9 《土佐日記》（九三五）：平安初期日記文學，作者紀貫之，假託女性以抒發一己人生苦惱、諸事無常之心路歷程。

10 《松葉集》（一六六七）：宗惠編《松葉名所和歌集》之略。依「いろは歌」詞之順序，編排各國名勝之和歌。

11 臨川寺：屬臨濟宗天龍寺派。在大堰川渡月橋東北，原為龜山天皇離宮。遊覽勝地。

12 大堰川：原文作大井川，二川讀音同（おほゐがは），故常與遠江國（今靜岡縣）大井川混用而不以為意。大堰川在今京都市右京區嵐山之麓，特指渡月橋與桂橋之間。歌枕。松尾里：嵐山南麓之村落名。嵐山在大堰川西岸，為賞櫻、紅葉勝地。

13 虛空藏：指法輪寺，在渡月橋之南、嵐山之東，本尊為虛

悲歎何極
化為地下竹筍
人生果報[19]

嵐山坡上
翠竹密密層層
迎風搖曳[20]

日既西斜，歸落柿舍。凡兆自京來。去來赴京。入夜即臥。

廿日

往觀北嵯峨之祭[21]。羽紅尼來[22]。

去來返自京，告以途中所吟之

空藏菩薩。

14 小督：第八十代高倉天皇寵姬，為權臣平清盛所不喜，逃隱嵯峨。其後出家為尼。故事見《平家物語》卷六〈小督〉章。

15 上嵯峨即北嵯峨，有大覺寺、清涼寺；下嵯峨在其南方，有天龍寺、法輪寺。

16 源仲國奉高倉天皇之命，於仲秋夜尋得小督於嵯峨山中，曾在渡月橋邊之小橋上，駐馬傾聽小督彈琴之聲，故名之曰駒留橋。

17 三間屋：即三間茶屋，在大堰川西岸上游，離渡月橋不遠處。

18 白居易〈題峽中石上〉：「巫女廟花紅似粉，昭君村柳翠於眉。」

19 原文：「うきふしや 竹(たけ)の子(こ)となる 人(ひと)の果(は)て。」

20 原文：「嵐山(あらしやま) 藪(やぶ)の茂(しげ)りや 風(かぜ)の筋(すぢ)。」

21 指愛宕神社廟會，每年陰曆四月中之亥日舉行（今年二十日乙亥當四月中亥日）。神社在北嵯峨愛宕山上，為修驗道道場。

22 羽紅尼：凡兆之妻，元祿四年（一六九一）出家，法號羽

句：

麥田揪打
孩童個子可比
麥浪高低[23]

落柿舍仍留昔日主人所築格局，唯處處已破敗不堪。然今日剝蝕殘破之貌，較昔年精緻巧妙之姿，更多情趣而深得我心。雕梁畫壁，風破雨濕；奇石怪松，草隱藤纏。竹廊前有柚木一珠，花散芬芳。

柚木開花

紅。

23 原文：「つかみあふ 子供の長や 麥畑。」

24 原文：「柚の花や 昔しのばん 料理の間。」按：料理之間，或可譯為備膳房，以食盤（古稱案）拼湊菜肴之處，與廚房隔開。富裕之家多有設之者。

25 原文：「ほととぎす 大竹藪を もる月夜。」

26 原文：「又やこん 覆盆子あからめ 嵯峨の山。」

27 去來長兄向井元端（俳號震軒）之妻，名多賀。

28 五人：芭蕉、去來、凡兆夫婦，另一人不詳。

豈不緬懷昔日
料理之間[24]

杜鵑啼聲
隨光漏過竹叢
夜月在空[25]

又來此地
覆盆子該紅了
嵯峨山上[26]
尼羽紅

去來之兄嫂[27]送來糕點、菜肴等物。

今宵留宿羽紅夫婦，一蚊帳下擠臥五人[28]。難於入夢，過夜半，人人則起。爰取日間所剩糕點與酒，持杯閑談，直至破曉。猶憶去年夏，寄寓凡兆家，二疊寬[29]蚊帳中臥四國之人[30]。相互詼諧，戲寫「所思有四，夢亦四種」等語[31]，隨寫隨拋。提起此事，人人會心哄笑。天明，羽紅、凡兆歸京。去來仍留宿。

廿一日

昨夜睡眠不足，今日情緒欠佳，天候亦不如昨日。從早陰雲密布，時有雨意，乃終日懶臥在床。薄暮去來歸來。今宵無客，搜出於幻住庵所寫舊稿[32]，謄清之。

---

29 二疊寬：兩張榻榻米大小。榻榻米為疊（たたみ）之音讀漢詞，是一種長方形厚墊草席，拼鋪於傳統和式房間，坐臥起居，皆在其上。

30 注家多據去來〈丈草誄〉，以為四國之人指：芭蕉（伊賀國上野）、丈草（尾張國犬山）、去來（肥前國長崎）、凡兆（加賀國金澤）。

31 《諸經要集》卷二十〈眠夢緣第十二〉引《善見律毘婆沙》：「夢有四種：一四大（地水火風）不和夢、二先見夢、三天人夢、四想夢。」此蓋謂來自四國之人，各有所思，各有所夢也。

32 指〈幻住庵記〉手稿。此文初稿後，屢經推敲改寫，至少七八次，現存信而可徵者便有四種。本書譯注其一，見頁八五—九三。

33 《莊子．漁父》：「飲酒以樂為主，處喪以哀為主。」

34 原文：「寂しさなくば憂からまし。」西行原歌：「とふ人も 思ひ絶えたる 山里の 寂しさなくば 住み憂からまし（無人來相訪，隔世逍遙遊。山村無寂寞，何以遣苦憂）。」（《山家集》）

廿二日　終朝降雨。今日無客來，寂寞之餘，胡思亂寫，且以自樂。寫道：

居喪者以悲為主，
飲酒者以樂為主。[33]

西行上人詠道：「若是無寂寞，何以遣苦憂。」[34]似以寂寞為主。又詠云：

獨居山村中，
小鳥吱吱叫。

不知在叫誰，
閑寂夢碎了。[35]

人間樂趣莫過於獨居。長嘯隱士[36]曰：「客得半日閑，主失半日閑。」[37]素堂[38]雅愛此語，蓋於其心有戚戚焉。予亦有句：

幽憂此生
讓我分享寂寞
閑古鳥鳴[39]

是乃獨宿某寺時之作也。

黃昏去來有消息來。

乙州自武江[40]歸來，攜回故

35 原文：「山里に こは又誰を よぶこ鳥 獨りすまむと 思ひしものを。」與西行原歌：「山里に を又こは 呼ぶ小鳥 ひとりのみこそ 住まむと思ふに。」（《山家集》）在文字上略有不同。

36 長嘯隱士：木下長嘯，名勝俊。歌人。原為小濱城主，因故封地被奪，剃髮出家，隱居京都郊外。有《舉白集》。慶安二年（一六四九）歿，享年八十一。

37 長嘯云：「瞬即半日。客得其清靜，我則似失清靜。」（《舉白集・山家記》）按：唐李涉〈題鶴林寺壁〉詩：「因過竹林逢僧話，偷得浮生半日閑。」蘇軾吟此詩，佛印曰：「學士閑了半日，老僧忙了半日。」長嘯之言，蓋有所承，非自創也。

38 素堂：芭蕉俳友，見〈四山瓢〉，注2，頁四二。

39 原文：「憂き我を 寂しがらせよ 閑古鳥。」或題〈信宿伊勢國長島大智院〉。

40 乙州：蕉門俳人，本名川井又七，業商，今年二月赴江戶，近日歸來。武江：指武藏國江戶，今東京都。

41 曲水：芭蕉門人、贊助者，本名菅沼定常（一六六〇—一七一七），又號曲翠、己卯庵等。近江國膳所藩臣。參

友、門生書信多封。其中有曲水[41]函，謂嘗往尋予芭蕉庵舊跡，偶逢宗波[42]云。有句：

昔日往矣
在此洗鍋者誰
菫草處處[43]

又寫道：「我所居處，庭僅兩張弓寬[44]，楓樹一株外，不見綠色。」又一句：

楓樹新葉
茶色欣欣向榮
也只一時[45]

〈幻住庵記〉，注8，頁八六。

42 宗波：住在江戶芭蕉庵附近之禪僧，曾隨芭蕉「鹿島紀行」之旅，芭蕉以水雲（或雲水）稱之，喻行腳如行雲流水之意。

43 原文：「昔誰小鍋洗しすみれ草。」訪尋芭蕉庵遺址，不勝今昔變幻無常之嘆。

44 弓：長度單位，中國古代亦用之。在日本近世，一弓約二・二七公尺。

45 原文：「若楓茶色になるも一盛。」

嵐雪[46]來函，附二句：

採來蕨薇
薇當塵垢遺棄
只剩山蕨[47]

更換傭人
小孩心裡不捨
離情依依[48]

其他信息種種，偏多可哀可懷之事。

廿三日

---

46 嵐雪：本名服部孫之丞，別號雪中庵、玄風堂。與其角並稱蕉門雙璧。武士出身，後棄武從文，並為俳諧宗匠。晚年專心修禪。

47 原文：「狗脊の 塵にえらるる 蕨哉。」按：此句以薇蕨二物作文字遊戲，難於甚解，不甚了了，只略譯其意耳。

48 原文：「出替りや 稚ごころに 物哀。」原句之物哀，蓋指觸物生情，無端哀傷也。

49 原文：「手をうてば 木魂に明る 夏の月。」按：每月十五滿月夜之外，日本另有三次「月待」之會：在十七夜、廿三夜及廿六夜，單獨或偕朋「待月」東升，賞月至凌晨之俗。今日為廿三夜，故有此句。

50 原文：「竹の子や 稚時の 繪のすさみ。」

51 原文：「一日一日 麥あからみて 啼く雲雀。」

52 原文：「能なしの 寝たし我を ぎやうぎやうし。」按：行行子為鳥名，或作葦切，漢名葦鶯或葦雀。春自南方來，產卵育子後，秋回南方去。其聲如「行行」之日語發音「ぎょうぎょう」，故名。在其繁殖期，日夜啼叫，頗為惱人云。

拍手迴響
響徹夜空澄明
初夏曉月[49]

看著竹筍
小時畫筍遊戲
往事可懷[50]

日見成熟
麥穗變色轉紅
雲雀呼叫[51]

我無才能
只想睡睡懶覺
行行子鬧[52]

〔廿四日〕[53]

題落柿舍　　凡兆

此地豆園
還有木造房屋
都是勝景[54]

黃昏去來來自京。膳所昌房來信。大津尚白[55]亦有消息。

凡兆來。堅田本幅寺〔千那[56]〕來訪，夜宿於此。

凡兆歸京。

廿五日

---

53 不同版本或缺此日期，以為廿三夜賞月至廿四曉，故兩日合為一日記之。

54 原文：「豆植る畑も木部屋も名所哉。」蓋謂：落柿舍木屋與其周邊田園，因芭蕉在此住過，將可成為名勝景點也。

55 昌房：蕉門，磯田氏，通稱茶屋與次兵衛。尚白：蕉門，本名江左大吉，業醫。編有《孤松》、《忘梅》、《夏衣》等。見〈忘梅序〉，注6，頁一〇六。

56 千那：蕉門，三上氏，法號名式，別號官山子等。近江國堅田（見〈既望賦〉，注2，頁九九）本幅寺十一世住持。著有〈白馬紀行〉等。見〈忘梅序〉，注19，頁一〇八。

57 史邦：蕉門，原名中村荒右衛門，尾張國人，住京都，曾仕皇家仙洞御所，晚年移居江戶。芭蕉逝世後，編印《芭蕉庵小文庫》。丈草：蕉門，本名內藤林右衛門（一六六二—一七〇四），別號懶窩。出身尾張國武家，勤修漢學，出家修禪。終其晚年於近江龍岡佛幻庵。

58 峨峰指嵯峨山；就荒語出陶淵明「三徑就荒，松菊猶存」（〈歸去來辭〉）；赤蚍卵喻柿果；日本有以柿葉練字之

千那歸大津。

史邦、丈草[57]來訪。

題落柿舍　丈草

深對峨峰伴鳥魚

就荒喜似野人居

枝頭今缺赤虯卵

青葉分題堪學書[58]

題小督墳[59]　同

強攪怨情出深宮

一輪秋月野村風

昔年僅得求琴韻

何處孤墳竹樹中

習，《和漢三才圖會》謂柿有七絕，「七、落葉肥滑，可以臨書」。

59 有關小督故事。詳見《平家物語》卷六〈小督〉章；參上注14—16。

柿籽萌芽
二葉起始茂盛
欣欣向榮60
史邦

途中吟
杜宇啼聲
飛入榎木林中
彷彿梅櫻61
丈草

黃山谷感人之句
杜門覓句陳無己
對客揮毫秦少游62

乙州來，談武江事。並攜來燭五分俳諧一卷63，其中有連句：

---

60 原文：「芽出(めだ)しより 二葉(ふたば)に茂(しげ)る 柿(かき)の實(さね)。」此句含有對落柿舍主人致敬之意。

61 原文：「杜宇(ほととぎす) 啼(なく)や榎(えのき)も 梅櫻(うめさくら)。」按：榎屬榆類，落葉高木，葉長圓形，嫩葉可食。此句蓋謂雖是夏日，忽聞杜鵑啼聲，榆樹彷彿春日之梅或櫻也。

62 語出黃山谷〈病起荊江亭即事〉絕句十首之八：「杜門覓句陳無己，對客揮毫秦少游。正字不知溫飽未，西風吹淚古藤州。」

63 燭五分俳諧：一種速吟連句，規定在蠟燭燒至五分時，必須完成連句一卷。按：五分即半寸長，約一・五公分。

64 原文：「半俗(はんぞく)の 膏薬入(かうやくいれ)は 懷(ふところ)に。」此句為連句之發句或前句，吟者不詳。下句（七・七音節）為附句。按：半僧半俗之賣藥行販，膏藥應放於藥箱中，卻藏在懷裡，似不甚尋常，蓋欲藉以表現其俳趣歟？

65 原文：「碓氷(うすひ)の 峠(たうげ) 馬(うま)ぞかしこき。」其角附句，謂此行販所騎之馬，無關騎者是僧是俗，照常健步如飛也。此句亦可解作：「穿越碓冰山道，騎馬較比聰明。」

66 原文：「腰(こし)の 簀(あじか)に 狂(くる)はする月(つき)。」此為前句，下句為附句，合為連句之一聯。按：簀（竹筐）之一詞，或解作魚

半俗半僧
卻把藥膏袋子
藏在懷裡[64]

碓冰嶺陡坡上
良馬履險如夷[65]　其角

腰上懸掛竹筐
對月心醉神迷[66]

颱風過後
住進無家流人
一小破屋[67]　同

宇津山上

簍，或解為便當盒。

67 原文：「野分（のわき）より 流人（るにん）に渡（わた）す 小屋一（こやひと）つ。」按：流人有二解：犯法流放之人，或無家可歸之流浪漢。前句對月心醉者，或可聯想此句之流人。

借穿女人睡衣
過了一宿[68]
假心巧言挑逗
潔齋以身相許[69]　同
申時風雨雷霆，降雹。雹之大者三文目[70]。龍過空時雹始降。（雹大如杏子，小如茅栗）[71]。
廿六日
柿籽萌芽
二葉起始茂盛
欣欣向榮[72]　史邦
卯花瓣瓣飄落

---

68 原文：「宇津の山 女に夜着を 借て寢る。」一聯前句。宇津山指宇津谷嶺，在今靜岡縣，江戶時代東海道驛站。

69 原文：「偽せめて 許す精進。」此句主詞，或以為山宿之女。

70 文目：原文用日本國字「匁」，音義同（もんめ）。重量單位，一匁等於三・七五公克。

71 明謝肇淛《五雜俎》卷一〈天部〉：「相傳龍過則雹下，四時皆有。……雹有大如桃李者，如雞子者，如斧者，如斗者。」芭蕉於雹之大小，則以杏、栗喻之。

72 同上注60，為發句。以下六句為連句。

73 原文：「畠の塵に かかる卯の花。」按：卯花即卯月花，陰曆四月開，漢名水晶花或溲疏。

74 原文：「蝸牛 頼母しげなき 角振て。」

75 原文：「人の汲間を 釣瓶待也。」蓋欲表現清晨持水桶排隊汲水之趣。

76 原文：「有明に 三度飛脚の 行哉らん。」三度飛腳：江戶時代，每月三趟，往來於關東與關西間之定期快速遞信者，類今之快遞郵差。

77 杜國：芭蕉愛徒，其遭際，見〈示權七〉，注2，頁五五。

化作田中泥土[73]　芭蕉

蝸牛匍匐

觸角柔軟伸縮

畏首畏尾[74]　去來

人家打水在前

耐心等著吊桶[75]　丈草

黎明殘月

已有三度飛腳

匆匆跑過[76]　乙州

廿七日

無人來，終日得閑。

廿八日

夢中言及杜國遭際[77]，涕泣而

醒。

心神相交而成夢。陰盡則夢見火，陽衰則夢見水。飛鳥銜髮時則夢飛；藉帶而寢時則夢蛇[78]。睡枕記、槐安國、莊周夢蝶[79]，皆有其理而未盡其妙。我之夢非聖人君子之夢也。終日唯有妄想散亂之氣，夜陰之夢亦然。我之夢見杜國，可謂念夢[80]也。此人也志誠而深慕於我，嘗來訪伊陽故里[81]。夜則同房起臥，或助我行腳之勞[82]，隨我如影百餘日。有時戲謔，有時悲傷。其情其意沁我心底。豈非有事難忘，故有此夢耶？覺而又淚濕衣袖矣。

78《列子‧周穆王》：「夢有六候。……一曰正夢、二曰愕夢、三曰思夢、四曰寤夢、五曰喜夢、六曰懼夢。此六者神所交也。……故陰氣壯，則夢涉大水而恐懼；陽氣壯，則夢涉大火而燔焫。……藉帶而寢則夢蛇；飛鳥銜髮則夢飛。」

79 睡枕記、槐安國：分別指唐沈既濟〈枕中記〉、唐李公佐〈南柯太守傳〉，均為夢幻人生之故事。莊周夢蝶：典出《莊子‧齊物論》：「莊周夢為胡蝶，栩栩然胡蝶也。……不知周之夢為胡蝶與？胡蝶之夢為周與？」

80 念夢：同六夢中之思夢，蓋晝有所思，夜夢其事也。《周禮‧春官‧占夢》注：「覺時所思念之而夢。」參上注78。

81 伊陽：伊賀國（今三重縣西北部）之漢稱，又稱伊州。芭蕉生於伊賀國上野赤坂。

82 元祿元年（一六八八）二月，杜國曾以萬菊丸之名，隨芭蕉同往伊賀，又至吉野賞櫻，五月初在京都告別，見〈笈之小文〉。

83 即《本朝一人一首》，見上注7。

84 晦日：陰曆每月最後一日，即二十九日或三十日。

廿九日　讀一人一首[83]奧州高館詩。

晦日[84]　高館聳天星似冑，衣川通海月如弓[85]。寫其地風景，稍嫌失真。雖說古人，如不臨其地，時有不盡其實者。

朔[86]　江州平田明昌寺李由[87]來訪。尚白、千那有消息來。

吃剩竹筍

85 此詩見於《本朝一人一首》卷九，無名氏七言絕句，題〈賦高館戰場〉之上聯，下聯：「義經運命紅塵外，弁慶揮威白浪中。」芭蕉曾登高館遠眺，事見《奧之細道》〈平泉〉章。

86 朔：陰曆每月一日。在此指五月初一。

87 近江國（今滋賀縣）彥根平田市明照寺住持，俗名河野通賢。蕉門。江州即近江國。明昌寺即明照寺，讀音同。

冒出地面長高
閃著露珠88　　李由

春去夏來
換上貼身襯衫
逝矣卯月89
遺岐90　　尚白

一等再等
端午就在眼前
女婿粽子91　　同

（五月）二日

曾良來，談吉野探花、熊野參拜之事。

又說東道西，談及武江故舊、門生近況。

---

88 原文：「竹の子や 喰残されし 後の露。」謂未被挖出之筍，瞬已長成綠竹，沾滿露水。

89 原文：「頃日の 肌着身に附 卯月哉。」按：卯（四）月初一為更衣節（衣更），是日脫下棉衣，換上單薄夾衣，以送春迎夏。

90 遺岐：他本或作還岐、軒岐等，意皆不詳。

91 原文：「またれつる 五月もちかし 聟粽。」日本古時，新婚女婿初逢端午，陪妻回娘家時，有贈送粽子之俗。

92 原文：「くまの路や 分つつ入ば 夏の海。」熊野東臨太平洋，海岸名熊野灘。

93 原文：「大峯や よしのの奥を 花の果。」大峰山：大和國（今奈良縣）南部大峰山脈，尤指山上岳、大普賢岳，修驗道者（山伏）修行聖地。

94 戶難瀨：地名，在嵐山北麓，大堰川湍流處。

熊野山路
輾轉翻越峻嶺
便見夏海[92]　曾良
望大峰山
登入吉野深處
花季已逝[93]

夕陽西斜，浮舟大堰川，沿嵐山，溯流至戶難瀨[94]。雨始降，及暮方歸。

三日

昨夜之雨續下，終日終夜不停。又探問武江種種，至東方之既白。

四日　昨宵未眠，終日倦臥。過午雨停。

明日將離落柿舍，惜別依依，乃巡探每一間房。

　五月梅雨
　屋漏壁紙剝落
　點點斑斑[95]

95 原文：「五月雨（さみだれ）や 色紙（しきし）へぎたる 壁（かべ）の跡（あと）。」此句亦見於〈落柿舍記〉，注8，頁九七。

聯經經典

芭蕉俳文

2018年1月初版　　定價：新臺幣380元

著　　者	松尾芭蕉
譯 著 者	鄭清茂
繪　　圖	莊因
編輯主任	陳逸華
叢書主編	沙淑芬
校　　對	吳淑芳
內文組版	翁國鈞
封面設計	江宜蔚

出 版 者	聯經出版事業股份有限公司
地　　址	新北市汐止區大同路一段369號1樓
編輯部地址	新北市汐止區大同路一段369號1樓
叢書主編電話	(02)86925588轉5310
台北聯經書房	台北市新生南路三段94號
電　　話	(02)23620308
台中分公司	台中市北區崇德路一段198號
暨門市電話	(04)22312023
台中電子信箱	e-mail：linking2@ms42.hinet.net
郵政劃撥	帳戶第0100559-3號
郵撥電話	(02)23620308
印 刷 者	文聯彩色製版印刷有限公司
總 經 銷	聯合發行股份有限公司
發 行 所	新北市新店區寶橋路235巷6弄6號2樓
電　　話	(02)29178022

總 編 輯	胡金倫
總 經 理	陳芝宇
社　　長	羅國俊
發 行 人	林載爵

行政院新聞局出版事業登記證局版臺業字第0130號

本書如有缺頁，破損，倒裝請寄回台北聯經書房更換。　ISBN 978-957-08-5066-6 (平裝)
聯經網址：www.linkingbooks.com.tw
電子信箱：linking@udngroup.com

國家圖書館出版品預行編目資料

芭蕉俳文/松尾芭蕉著．鄭清茂譯注．莊因繪圖．
初版．臺北市．聯經．2018年1月（民107年）．224面．
14.8×21公分（聯經經典）

ISBN 978-957-08-5066-6（平裝）

861.523 106024119